I0635002

CHANSONS

ET

POÉSIES DIVERSES

DE A. ANTIGNAC.

A PARIS,

Chez Jh. Chaumerot, Libraire, Palais
du Tribunat, galerie de Bois, n°. 188.

CHANSONS
ET
POÉSIES DIVERSES
DE A. ANTIGNAC,

CONVIVE DU CAVEAU MODERNE.

L'ennui doit la naissance au drame ;
La gaité vient de la chanson.

A PARIS,

DE L'IMPRIMERIE DE J.-B. POULET,

RUE DU CIMETIÈRE SAINT-ANDRÉ, Nº. 5.

1809.

ÉPITRE A PANARD.

Des Chansonniers joyeux patron,
Dont les couplets remplis de grâce,
De sel piquant et de raison,
Auprès du tendre Anacréon
Et non loin du divin Horace,
Sur le Pinde ont gravé le nom ;
Dont la gaîté toujours naïve
Et les aimables à-propos
A table charment le convive,
Quelquefois au dépens des sots.
Panard, ma muse fugitive,
Pour distraire ton ombre oisive,
Ose t'adresser quelques mots.

Dans tes chansons, par tes saillies,
Te moquant du tiers et du quart,
En vain tu lances maint brocard
Contre nos goûts et nos folies.

Si tu vivais, tes yeux surpris,
Verraient comme les bons esprits,
Ont tous le goût de la réforme ;
Et quand certains faiseurs de vers,
Malgré ce changement énorme,
Nous prêtent encore des travers,
Ce n'est vraiment que pour la forme.

Tu trouverais à tous momens
Des demoiselles bien crédules,
Aussi sages que leurs mamans ;
Des usuriers pleins de scrupules,
Des coquettes par sentimens,
Pour qui les plus tendres sermens
Ne sont pas de vaines formules ;
Des Laïs qui n'ont pas d'amans,
Et des auteurs sans ridicules.
Enfin, nous traitons comme abus,
La légèreté, l'arrogance ;
Le pédantisme et l'ignorance,
De chez nos Midas, sont exclus :
Certains commis n'ont déjà plus
Leurs petits airs de suffisance.

Les joueurs même sont rangés;
Les vices dont ce siècle abonde,
Ne sont que des vieux préjugés
Que chacun secoue à la ronde :
Et si tu revenais au monde,
Tu nous verrais bien corrigés.

Ne dois-je pas aussi te dire,
Puisque je t'apprends du nouveau,
Que d'Épicure, le troupeau,
Sous tes auspices, pour mieux rire,
A fondé le nouveau Caveau.

Là, tous les mois, chacun apporte,
De sa muse, un léger tribut.
Rire et chanter, voilà le but
Où tend la joyeuse cohorte.
L'amitié lui tient lieu d'escorte,
Et suivant un grave statut,
L'ennui ne passe pas la porte;
Enfin, chacun, pour son salut,
Dîne bien, chante, et fait en sorte
D'être plus gai qu'à l'Institut.

Je dois, enfin, t'apprendre encore
Qu'avec ces enfans d'Apollon,
Dont le Vaudeville s'honore,
Moi, chétif rimeur, qu'on ignore,
J'ai ma place dans le Salon.
Auprès d'eux, à Comus, aux belles
J'ose adresser quelques chansons :
Pour vaincre des rimes rebelles,
Leurs vers me servent de leçons.
Au bon goût puisqu'ils sont fidèles,
Mon but est de les imiter,
Et partout j'aime à me vanter
D'être l'ami de mes modèles.

Voilà, joyeux et bon Panard,
Pour t'écrire, quel est mon titre :
Comme un novice dans ton art,
Je t'invoque pour mon arbitre
Auprès du sévère lecteur :
Puisse ton nom mettre en faveur,
Et mon volume et cette épître !

———————

CHANSONS

ET

POÉSIES DIVERSES

DE A. ANTIGNAC,

CONVIVE DU CAVEAU MODERNE.

~~~~~~~~~~~~~~~~~~~~~~~~~~~~~~~~~~~~~

APOLLON ET DAPHNÉ.

POT-POURRI.

Air du cantique de Saint-Roch.

Lorsque les Dieux, descendus sur la terre,
A nos beautés venaient parler d'amour,
La fable dit qu'Apollon, leur confrère,
Comme eux aussi voulut faire sa cour :
    Or, voici comme
    Ce beau jeune homme
    Fut mal mené
Par la belle Daphné.

I

Air des Pendus.

De Diane suivant les lois,
Elle vivait au fond des bois :
Vainement Apollon la guette ,
Il ignorait qu'une coquette
Qui n'aime qu'à courir le daim,
Traite l'Amour avec dédain.

Air : Avec vous sous le même toit.

Venez chez moi , lui disait-il ,
Entendre de bonne musique ;
Dans l'art des vers je suis subtil ,
Et j'enseigne la rhétorique :
Je vous promets mille douceurs ;
Les Ris , les Jeux suivront vos traces ;
Au milieu de mes chastes sœurs
Vous serez comme une des Grâces.

Air de Jean Monnet.

Plus il montrait d'éloquence,
Plus elle doublait le pas ;
Sa fuite et sa résistance
Ajoutaient à ses appas :

Confondu

Et rendu ,

En vain le Dieu de la lyre

Voulait peindre son délire ;   (*Ter.*)

C'était de l'esprit perdu.

Air : Nous nous marierons Dimanche.

Arrêtez un peu ,

Lui criait le Dieu ;

Donnez-moi votre main blanche :

Objet charmant ,

Mon cœur aimant

S'épanche.

Je suis connu

Pour avoir l'hu-

Meur franche ;

Et foi d'Apollon ,

Au sacré vallon

Nous nous marierons Dimanche.

Air : Dans la paix et l'innocence.

Vous fuyez , Mademoiselle ,

Malgré ce que je vous dis ;

Ah ! vous voulez donc , cruelle ,

Me faire voir du pays ?

I *

Croyez mon humeur jalouse ;
Je ferai tant , cher Lutin ,
Que vous serez mon épouse ,
Ou j'y perdrai mon latin.   *(Bis.)*

Air du pas de charge.

Tel qu'un lévrier poursuivant
 Le gibier dans la plaine ,
Tel et plus léger que le vent ,
 Il court à perdre haleine :
Se voyant près de succomber ,
 Daphné se désespère ,
Quand le bonheur la fait tomber,....
 Dans les bras de son père.

Air de l'amour filial.

Ah ! lui dit-elle , en l'embrassant ,
Pour l'honneur de votre famille ,
Si vous m'aimez , si je suis votre fille
Protégez-moi contre un Dieu trop pressant :
 J'éprouve un plaisir incroyable
 A vous rencontrer en ce lieu ;
Car franchement lorsque je vois ce Dieu ,
 J'aimerais autant voir le Diable.

Air : Tenez , moi , je suis un bon homme.

Lorsque sa prière est finie ,
Son cher père exauce ses vœux ;
Il invoque son bon Génie ,
Et l'enlève à son amoureux.
Peut-être à des esprits frivoles
Le tour paraîtra singulier ;
Mais il ne dit que trois paroles ,
Et Daphné devient un laurier.

Air : Ce mouchoir , belle Raimonde.

Apollon , rempli d'ivresse ,
Arrive juste au moment
Où sa cruelle maîtresse
Se change en arbre charmant :
Insensible comme un marbre ,
Tout honteux et consterné ,
Le galant au pied de l'arbre
Reste avec un pied de nez.

Air : Servantes , quittez vos paniers.

Hélas ! dit-il , mon cœur la perd :
Pour guérir ma blessure ,
Que son feuillage toujours verd ,
Pare ma chevelure.

Son cœur ne peut répondre au mien ;
Mais si j'ai perdu le moyen
D'en faire mon épouse , hé bien !
 J'en ferai ma coiffure.

MORALITÉ.

Air : J'étais bon chasseur autrefois.

Quand on veut faire le galant
Près d'un objet des plus ingambes ,
S'il est beau d'avoir du talent ,
Il faut avoir aussi des jambes ;
Mais pourquoi des pas superflus
Pour une belle qui s'échappe ?
Le temps des miracles n'est plus ,
Et sans courir on les attrape.   (*Bis.*)

~~~~~~~~~~~~~~~~~~~~~~~~~~~~~

LES MIRACLES DU JOUR.

Air : J'ai vu partout dans mes voyages.

MALHEUR à qui toujours s'afflige!
Moi , j'aime assez le temps présent.
Chaque jour enfante un prodige ,
Et l'on s'instruit en s'amusant.
En plein midi comme à la brune ,
Tout ce qu'on voit est sans pareil ;
Les pierres tombent de la lune ,
Et la viande cuit au soleil.

Les novateurs en médecine
Ont bien vengé l'honneur du corps.
Tous les vivans ont la vaccine ,
Et le *zing* fait danser les morts.
Avec la plus simple recette
On met des grands hommes au jour ;
L'un mange à dîner sa fourchette ,
Et l'autre se fait mettre au four.

Par une lampe merveilleuse,
A peu de frais on est chauffé,
Et les bons navets de Freneuse
Servent à sucrer le café.
L'inventeur de la gélatine,
A la chair préférant les os,
Fait du bouillon pour la poitrine
Avec le jus des dominos.

Un petit monstre de Norwège,
Quoique femelle, a su, dit-on,
Nous enlever le privilège,
D'avoir de la barbe au menton.
Naguère encor la capitale
Vit un cheval qui manœuvra
Sur les tours de la cathédrale,
Et dans les chœurs de l'opéra.

Ce n'est pas tout : un grand critique
De Newton juge sans appel,
Réforme toute la physique
Et les tableaux de Raphaël.
Puis sur la scène, à la sourdine,
Un auteur qui n'a pas de nom,
Pour nous faire oublier Racine,
Vient de ressusciter Pradon.

A CEUX QUI DEMANDENT DES COUPLETS.

Air : du Partage de la Richesse.

Un peu de repos, je vous prie,
Messieurs les donneurs de bouquets ;
Croyez-vous ma tête farcie
De madrigaux et de couplets ?
Je vous chéris, vous et les vôtres,
Mais puis-je bien, de bonne foi,
Faire tant d'esprit pour les autres,
Quand je n'en ai pas trop pour moi ? (*Bis.*)

A vos amis, à vos maîtresses,
Vous offrez mes vers complaisans ;
On vous comble de politesses
Pour vous payer mes complimens.
Quoique les vers soient un peu minces,
On n'y trouve pas un défaut ;
Puis vous dînez comme des princes,
Et moi, j'ai payé votre écot.   (*Bis.*)

Par vos demandes indiscrètes,
Ah ! combien vous vous exposez !
Car , enfin , messieurs les Poëtes
Sont quelquefois mal disposés.
Tout s'use ; et leurs cerveaux stériles
S'usent aussi sans contredit.
Donc vous serez des imbéciles ,
Lorsque je n'aurai pas d'esprit.   *(Bis.)*

Tenez, par un avis sincère ,
Je veux bien vous tirer d'erreur ;
Avec l'esprit vous voulez plaire,
Quand il faut plaire avec le cœur.
Ceux que vous chantez vous approuvent :
Mais les amis , songez-y bien ,
Les circonstances les éprouvent ,
Et les chansons ne prouvent rien.   *(Bis.)*

~~~~~~

ROMANCE.

Air : Il est trop tard.

Je t'aimerai tant que l'amant de Flore,
De ses baisers caressera les fleurs ;
Tant qu'au matin la bienfaisante aurore
Fécondera nos vergers de ses pleurs ,
          Je t'aimerai.

Je t'aimerai tant que sous le feuillage
L'oiseau viendra braver les feux du jour ;
Je t'aimerai tant que le vert bocage
Retentira de ses chansons d'amour ;
          Je t'aimerai.

Je t'aimerai tant que de la lumière
Mes yeux verront le disque radieux ;
Je veux encore , à mon heure dernière,
Te répéter , pour mes derniers adieux ,
          Je t'aimerai.

LA CHUTE DE PHAÉTON.

POT-POURRI.

Air : Avec vous sous le même toit.

Apollon, exauçant les vœux
D'un fils que l'amour-propre inspire,
Laisse au jeune présomptueux
Le char du Soleil à conduire.
« Partez, lui dit-il, au revoir :
« Éclairez la machine ronde ;
« Je vous donne jusqu'à ce soir
« Pour bien faire le tour du Monde.

Air : tenez, moi, je suis un bon homme.

« Cependant, hélas ! je redoute
« Pour vous un malheureux destin.
« Suivez toujours la bonne route,
« Et vous ferez votre chemin. »
« Pourquoi cette terreur panique,
« Répond très-lestement, le fils ?
« Mon papa, j'ai fait ma physique ;
« Je sais la carte du pays. »

Air : du Vaudeville des Visitandines.

Tel qu'un jeune homme sans cervelle ,
Qui fait voltiger un bokeit
Sur le chemin de bagatelle ,
Sans prendre garde à ce qu'il fait.
Ainsi Phaéton , de son père ,
Oubliant l'ordre essentiel ,
A travers les plaines du Ciel
Mène ses chevaux ventre à terre.

Air : du Remouleur et de la meûnière.

Bientôt le conducteur timide
Trouve les coursiers trop ardents ,
La peur lui fait lâcher la bride ,
Ils prennent tous le mors aux dents.
Un Savant du siècle où nous sommes
A très-bien dit , je ne sais où :
Les chevaux sont comme les hommes
S'ils ont la bride sur le cou.

Air : Gusman ne connaît plus d'obstacles.

Le char brûlant de la lumière
Au gré de leurs désirs fougueux ,
Tantôt rase de près la terre , .
Tantôt s'approche trop des cieux.

Malgré ses efforts incroyables,
Phaéton voyant ces mutins
Qui l'emportent à tous les Diables,
Se recommande à tous les Saints.

Air : Servantes quittez vos paniers.

Mais déjà partout l'Univers
    Le feu commence à prendre ;
Et sur la terre et sur les mers ,
    Nul ne peut s'en défendre.
Tous les poissons dans l'eau sont frits ;
Les oiseaux tombent tout rôtis ;
Les éléphans même sont cuits,
    Étouffés sous la cendre.

Air : des Trembleurs.

Jupin , avec sa lunette ,
Regardant notre planette ,
Qui prend comme une allumette,
Dit : Je vois d'où vient le feu.
A ce cocher téméraire
Je vais apprendre à mieux faire.
Apportez-moi mon tonnerre ,
Et vous allez voir beau jeu.

Air : La plus belle promenade.

Il dit , et la foudre tombe
Sur le pauvre Phaéton ,
Qui s'en va comme une bombe ,
Dans le Pô faire un plongeon.
Mais il calme sa colère
Sitôt qu'il l'a foudroyé ;
Et par égard pour son père
Il fut repêché noyé.

RÉFLEXION.

Air : J'ai vu partout dans mes voyages.

Prenant la vanité pour guide ,
Je crains le sort de Phaéton ;
Car, je suis le singe d'Ovide ,
Comme il fut celui d'Apollon.
Si le bon goût ne peut m'absoudre,
Je crains beaucoup pour ces couplets ;
Mais si l'on meurt des coups de foudre ,
On revient des coups de sifflets.

~~~~~~~~~~~~~~~~~~~~~~~~~~~~~~~~~~~~~

COUPLETS (*)

A UNE FEMME DE L'AUTRE MONDE.

Air à faire.

A te servir, rempli de zèle,
Comme à t'aimer toujours constant,
Anna, je prends sous ma tutèle
L'objet que tu chérissais tant.
Jusqu'à ce qu'un chagrin bien sombre
De mes jours amène la fin,
Je serai l'amant de ton ombre
Et le tuteur de ton Carlin.

Ce pauvre Carlin se désole
Depuis le jour de ton trépas;
Et si parfois il se console,
C'est quand il fait un bon repas.

_____

(*) La musique de ces couplets se vend chez les frères Gaveaux, passage Feydeau.

Pour moi, je sens que la tristesse
Me tuera plutôt que la faim;
Car, si j'ai la même tendresse,
J'ai moins d'appétit que Carlin.

J'aurais pourtant droit de me plaindre
De ton amour pour ce rival;
Mais de moi tu n'as rien à craindre,
Je rendrai le bien pour le mal.
Et pour mieux te prouver ma flamme,
Je te promets, soir et matin,
Un *de profundis* pour ton ame
Et des bonbons pour ton Carlin.

2

~~~~~~~~~~~~~~~~~~~~~~~~~~~~

DÉCLARATION.

Air : Gusman ne connait plus d'obstacles.

CÉDANT au besoin de vous plaire,
J'ai fait pour vous une chanson :
Vous en approuverez, j'espère,
Le motif plus que la façon.
Excusez-moi, si j'ai l'audace
De vous aimer et d'être auteur;
Mais si mes vers sont à la glace,
Rien n'est brûlant comme mon cœur.

Si l'amour qu'on sent le mieux peindre
N'est pas celui qu'on sait le mieux,
Pour ma chanson je ne puis craindre
Un examen trop sérieux.
En effet, ici je m'escrime
Contre l'Amour, contre Apollon,
Car, l'un me refuse la rime
Et vos yeux m'ôtent la raison.

C'est mon cœur lui seul qui m'inspire

Plutôt qu'un besoin de rimer ,

Et je voudrais savoir écrire

Aussi bien que je sais aimer.

En vain ma muse se propose

D'orner ce qu'elle vous écrit :

Si mes vers valent peu de chose ,

Mon cœur vaut mieux que mon esprit.

~~~~~~~~~~~~~~~~~~~~~~~~~~~~~~~

VERS A Melle. FANNY B***.

EN LUI ENVOYANT L'ART D'AIMER.

Tout ce qu'une aimable figure
Et les dons de l'esprit inspirent de plus doux,
Jeune Fanny, je vous l'assure
Dès long-temps je le sens pour vous.
Mais une froideur inhumaine
S'est emparé de votre cœur ;
Et vous faites votre bonheur
D'un sentiment qui fait toute ma peine.
Je connais un moyen de nous mettre d'accord,
Un moyen simple et qui, j'espère,
Pourra décider de mon sort.
Puisque votre raison sévère
A votre cœur défend de s'enflammer,
Je vous fais passer l'art d'aimer :
Envoyez-moi celui de plaire.

~~~~~~~~~~~~~~~~~~~~~~~~~~~~~~~~

LE ROI ET LA FÉVE.

Air : Avec vous sons le même toit.

Jouissons de la royauté ,
Puisque le sort m'est favorable ;
En bon roi, je suis enchanté
De voir tous mes sujets à table.
Oui, je le dis avec orgueil ,
Je ne suis pas un roi pour rire ,
Car , je vois du premier coup-d'œil
Tout ce qu'on fait dans mon empire.

J'ai quelques heures à régner ;
Je veux que l'Univers remarque ,
Que j'ai su ne rien épargner
Pour devenir un grand monarque,
Ainsi que dans tous mes États
A l'appétit chacun se livre ,
Et si j'ai bien compté les plats,
Tout mon peuple aura de quoi vivre.

Mais le jour est bien avancé
Et sur mon destin je m'abuse,
Mon règne est à peu près passé,
Depuis qu'à régner je m'amuse.
Malgré que mon état soit beau,
Sans nul regret je l'abandonne,
Car je prévois que mon chapeau
M'ira bien mieux qu'une couronne.

LES BOSSES.

Air : Mon Père était pot.

Avec ses bosses, monsieur Gall
   S'est fait maint prosélyte,
Et chacun s'est fait un régal
   De lui rendre visite :
     Je n'ose, en honneur,
     Juger du docteur
   L'utile sacerdoce;
     Car de bonne foi
     Comme un docteur, moi,
   J'ai donné dans la bosse.

Nous travaillons toujours afin
   D'arrondir nos affaires,
Et nous jouons même au plus fin
   Aux dépens de nos frères.
     Des gens mal tournés,
     Heureusement nés,

Font très-bien leur négoce ,

Et des esprits droits

Sont si maladroits

Qu'ils donnent dans la bosse.

On propose un vilain bossu

A la charmante Lise :

Le bossu lui paraît cossu ;

Elle court à l'église.

Ses jolis bijoux ,

Son vilain époux ,

Et son brillant carosse ,

Font dire à Paris :

Fillette à ce prix

Peut donner dans la bosse.

Dans un mariage d'amour ,

Donnant tête baissée ,

Le vieil Orgon découvre un jour

Une bosse avancée :

Hé quoi ! se dit-il ,

En esprit subtil ,

Ma femme est bien précoce !
   Mais je suis prudent ;
   De peur d'accident ;
  Je donne dans la bosse.   (*Bis.*)

Puisque dans la bosse on doit voir
  Donner l'espèce humaine ,
La meilleure qu'on puisse avoir
  Est celle de Silène :
    Ainsi donc buvons ,
   Mangeons et vivons
  Comme on fait à la noce ;
    Il est bien permis
    Avec ses amis
De donner dans la bosse.   (*Bis.*)

DIALOGUE

ENTRE

UNE SALLE A MANGER ET UNE BIBLIOTHÈQUE.

(La scène se passe après le dîner, dans l'appartement d'un
ex-millionnaire. Toutes les portes sont ouvertes ; on entend des soupirs s'échapper de la Bibliothèque , sur l'air:
J'étais bon chasseur autrefois.)

COUPLET PRÉFACE.

LA Fontaine a fait raisonner
Des animaux mieux que des hommes ;
Un convive (1) a su nous donner
Un dialogue entre deux pommes ;
On peut s'en rapporter, je crois ,
A des autorités pareilles ;
Aux murs on peut donner des voix,
Puisque les murs ont des oreilles.

---

(1) M. de Piis.

(Ici le dialogue commence.)

LA SALLE A MANGER.

Pour savourer de vrais plaisirs
Quand je vois la foule empressée ,
Tous les jours j'entends des soupirs
D'une pauvre sœur délaissée :
Elle n'a malheureusement
Qu'une existence assez futile ,
Et moi dans cet appartement
J'ai la place la plus utile.

LA BIBLIOTHÈQUE *(regardant la salle à manger avec un air de dédain.)*

Hélas ! ne dois-tu pas rougir
Du vain orgueil dont tu t'enivres ,
Toi , qui ne saurais convenir
Qu'à des gens ennemis des livres ;
Tandis que je vis sans raisons
Dans une affreuse solitude ?

LA SALLE A MANGER *(modestement.)*

Ma chère , dans bien des maisons
La table passe avant l'étude.

3 *

LA BIBLIOTHÈQUE.

De l'amateur, de l'érudit,
Je charme les instans rapides.

LA SALLE A MANGER.

Pour peu qu'on ait de l'appétit,
J'offre des passe-temps solides.

LA BIBLIOTHÈQUE.

A prévenir bien des excès,
› Dans mon sein le lecteur s'applique.

LA SALLE A MANGER.

Chez moi le cuisinier français
Est l'auteur qu'il met en pratique.

LA BIBLIOTHÈQUE.

Chez toi j'entends rire aux éclats
Au bruit des verres, des bouteilles ;
J'entends mille propos bien plats
Qui me déchirent les oreilles.
Devrais-tu pour chasser l'ennui
Recevoir tant de parasites ?

LA SALLE A MANGER.

Si l'on ne dînait pas chez lui
Mon maître aurait-il des visites ?

LA BIBLIOTHÈQUE (*avec émotion.*)

Pour lui , dans le sein du repos ,
J'ai mille plaisirs en réserve ;
Il peut trouver l'oubli des maux
Dans les trésors que je conserve.

LA SALLE A MANGER (*d'un air suffisant.*)

Hélas ! ce charme si vanté
N'est pas au fond ce qui le touche ;
Il te garde par vanité ;
Moi je suis pour la bonne bouche.

LA BIBLIOTHÈQUE (*en colère.*)

Que dis-tu? je nourris l'esprit.

LA SALLE A MANGER (*sur le même ton.*)

Un bon repas vaut bien un livre !
Et c'est chez moi que l'homme vit.

LA BIBLIOTHÈQUE.

C'est chez moi qu'il apprend à vivre.

LA SALLE A MANGER.

De tels droits on est peu jaloux
Lorsque l'on a mes avantages.

LA BIBLIOTHÈQUE (*en lui fermant la*
porte au nez.)

Tu ne dois plaire qu'à des foux,
Et je délasse tous les sages.

(*Ici le dialogue est interrompu par une réflexion*
de l'auteur.)

Fatigué du bruit importun,
Qui souvent troublait sa retraite,
Le maître, se trouvant à jeun,
Partit sans tambour ni trompette.
Les créanciers, pour se venger
Et libérer mainte hypothèque,
Ont fermé la salle à manger,
Et mangé la bibliothèque.

LE VENT.

CHANSON.

Air : Aux soins que je prends de ma gloire.

On prétend que la terre est ronde,
Que le vent vient de tous côtés :
Voilà donc pourquoi dans ce monde
Nous sommes toujours balottés.
Pour trouver le mieux on s'agite;
Et moi, sans faire le savant,
Je vois que le premier mérite
Est de savoir prendre le vent.

Grâce au vent qui gonfle sa tête,
L'auteur goûte un profond sommeil;
Mais du parterre la tempête
Lui procure un triste réveil.
Si du peu d'esprit qui lui reste
Il veut user dorénavant,
Qu'il soit moins lourd et plus modeste,
Il peut parer les coups de vent.

Dorval est un rusé compère.;

Il va derrière ou bien devant :

Il ne sait rien, tout lui prospère ;

Mais il observe bien le vent.

Et l'homme simple qui s'embarque

En mettant son cœur en avant,

S'il cherche à bien mener sa barque

Ne peut jamais trouver le vent.

Le vent parfois, dans sa furie,

Vient obscurcir un ciel d'azur ;

De même le vent de l'envie

Souffle sur le nom le plus pur.

Heureux qui, découvrant son âme,

A le droit de dire souvent :

Ma vie est à l'abri du blâme,

Mais rien n'est à l'abri du vent.

En vain de ce sujet frivole

Je veux m'occuper longuement ;

Sur les légers enfans d'Éole

On doit parler légèrement.

Si quelque siffleur me tracasse,
Je me résigne en bon vivant ;
Car , sur la route du Parnasse ,
Je sais qu'il fait toujours du vent.

LA BOUILLOTTE.

Air : Lise épouse le beau Gernance. (de Fanchon.)

PESTE soit de la Bouillotte
Où le destin nous balotte
Du matin jusques au soir
Entre la crainte et l'espoir !
D'accord avec la fortune
Qui toujours nous berce un peu ,
Avec dix chances contre une ,
La folie ouvre le jeu.

Les as , les *brelans* surviennent ;
Ceux-ci *passent*, d'autres *tiennent ;*
Les derniers ne gagnent point ,
Quand ils sont égaux en point.
Afin de doubler sa mise
Un jeune homme plein de goût ,
Avec la riche Artémise
Sans un as fait son *va-tout.*

L'épais financier se *carre*
Et se moque de l'avare,
Qui, jouant un jeu serré,
Croit tout son bien assuré.
Le fat, que de loin on guette,
A son tour voulant parler,
Relancé par la coquette,
Est bien forcé de *filer*.

Le glorieux d'un air leste,
Pour briller faisant son *reste*,
Va tombant de mal en pis,
Si bien qu'il est au tapis.
Du bonheur qui l'accompagne,
Le fin matois profitant,
Prudemment fait *Charlemagne*
Pour obliger un *rentrant*.

Victime du sort volage
Qui déroute le plus sage,
Quand le joueur harassé
A dit, cent fois, *j'ai passé;*

Il se lève et fait la mine ,

Voyant qu'à ce jeu si beau ,

Tout le monde se ruine.

Pour enrichir le flambeau.

———————

~~~~~~~~~~~~~~~~~~~~~~~~~~~~~~~~~~~~~~

LE CARNAVAL.

Air : Au temps passé.

Puisqu'il faut suivre un usage fantasque
    Qui met les gens en belle humeur,
Quand tout le monde aujourd'hui prend un masque,
    Moi , je prends celui d'un auteur ;
    Et , crainte d'un bruit trop funeste
    Qui dérange un premier venu ,
Je me déguise en poëte modeste ,
    Pour ne pas être reconnu.

L'épais Mondor , par un air d'opulence ,
    Masque son crédit éventé :
Petit commis d'un masque d'impudence
    Couvre sa triste nullité :
    Par le goût des caricatures
    Tous les goûts semblent absorbés.
Nous allons voir de bien sottes figures ,
    Quand les masques seront tombés.

Combien de fous , sous un costume sage,
    Passent sans être remarqués !
De fins matois, sans changer de visage,
    Ont l'art d'être toujours masqués :
    Tout est feinte , tout est grimace ;
    Le plus innocent est rusé.
On se déteste , et toujours on s'embrasse :
    Ah ! comme on est bien déguisé !

Vivent ces bals où , bravant la fatigue ,
    Un masque amusant et subtil
Vous fait un jeu d'une amoureuse intrigue
    Dont vous cherchez en vain le fil !
    Chacun s'en amuse à la ronde ;
    Et nous n'en serions pas plus mal ,
Si l'on pouvait se borner dans le monde
    Aux intrigues de carnaval.

~~~~~~~~~~~~~~~~~~~~~~~~~~~~~~~~~~~~~

LA FOIRE N'EST PAS SUR LE PONT.

Air : Du Partage de la Richesse.

QUEL spectacle, disait Grégoire,
Se présente à mes yeux surpris !
Ne dirait-on pas que la foire,
Est sur tous les ponts de Paris ?
On y regarde l'eau qui coule ;
Mais le soleil y donne à plomb :
Ma foi, laissons passer la foule ;
La foire n'est pas sur le pont.   (*Bis.*)

Damis, a l'humeur vagabonde,
Et rien ne charme son désir;
Il se plaît à courir le monde,
Afin de trouver le plaisir;
Il s'agite, il brûle, il s'embarque,
Et partout l'écho lui répond :
Retenez un peu votre barque ;
La foire n'est pas sur le pont.   (*Bis.*)

Il est des auteurs assez crânes

Pour risquer toujours du nouveau ;

Mais en passant le pont aux ânes,

Il se laissent tomber dans l'eau :

C'est vainement qu'à leurs oreilles,

Les sages critiques diront :

Redoublez de soins et de veilles ;

La foire n'est pas sur le pont.   (*Bis.*)

Le timide Lycas courtise

La fille du riche Mondor :

Pour vaincre son âme indécise,

Le père lui fait un pont d'or ;

Mais sagement le bon apôtre

Répond, en se tâtant le front,

Pour être mari comme un autre,

La foire n'est pas sur le pont.   (*Bis.*)

Pour passer sur le pont du Diable,

Il ne faut pas trop se presser ;

Et cependant il est croyable

Qu'il nous faudra tous y passer :

Mais quand le plaisir nous invite,
Amis, prenons la balle au bond;
Gardons-nous d'en user trop vîte;
La foire n'est pas sur le pont.   (*Bis.*)

———

LE MAL MARIÉ.

Air : Ton humeur est, Catherine.

J'ons un peu d' philosophie ,
Mais j'sens q'j'avons trop d'désir;
Et v'là pourquoi dans c' te vie
N'ya plus d'pein' que d' plaisirs.
L'amoureux qu'l'hymen exauce
Voudrait r'devenir garçon ;
Car c'est trist' quand la mêm' sauce
Est toujours sous l'mêm' poisson.

On m' propose un mariage
Pour fair' passer mes ennuis ;
Sans trop réfléchir j'm'engage ,
Et j'dis enfin, v'là qu'je l'suis.
Riche fermier , de la Beauce ,
Ma femm' n'était qu'un laidron ;
Mais les écus sont un' sauce
Qui fait avaler l'poisson.

L'premier mois c'était z'un charme,

J'vivions comm' dans l'paradis ;

Mais le s'cond de not' vacarme,

Les voisins sont z'étourdis.

Madam' qui faisait la grosse ,

Me r'tournait tout' la maison ;

Et quand j'li d'mandais d'la sauce ,

All' me servait du poisson.

Le Ciel , qu'à mon aid' j'invoque ,

Enfin prend piquié d'mon sort ;

V'là qu'un colèr' la suffoque ,

V'là qu'all' meurt, nous v'la d'accord.

Depuis qu'all' est dans la fosse ,

Je suis l'bourgeois d'ma maison ;

Du moins j'savons à quell' sauce

J'voulons manger not' poisson.

~~~~~~~~~~~~~~~~~~~~~~~~~~~~~~~

LE QUAI DE LA VALLÉE.

Air : Trouverez-vous un Parlement ?

AUTEURS favorisés des Cieux,
Vous qu'enflamme une noble audace ;
Dans votre essor ambitieux ,
Volez au sommet du Parnasse ;
Sans être moins gai ni plus fier,
Mon Pégase prend sa volée ,
Et, fendant les plaines de l'air,
Descend au quai de la Vallée.

Visitez ce riche dépôt ,
Où Comus puise ses ressources,
Où pour avoir la poule au pot ,
Tant de gens épuisent leurs bourses.
Auprès de l'oie et du chapon,
Voyez la poularde étalée !
Trouverez-vous sur l'Hélicon
Des dindons comme à la Vallée ?

C'est là qu'on chasse le perdreau,

Sans se fatiguer dans la plaine ;

On y prend , au fond d'un tonneau ,

Le fameux lapin de garenne.

De superbes pigeons on voit

Mainte famille accumulée ,

Qui , mourant de faim sous le toit ,

Vient s'engraisser à la Vallée.

Et vous , Méléagres nouveaux ,

Jamais heureux , toujours habiles ,

Tirez votre poudre aux moineaux

Courez des lièvres trop agiles :

Contre eux , malgré leurs doux penchants ,

Que votre ardeur soit signalée ;

Tous ceux que vous tirez aux champs ,

On les attrape à la Vallée.

Ah ! pourquoi dépeupler le Mans

De ses magnifiques volailles ?

Aux perdrix, aux cerfs , aux faisans ,

Pourquoi livrer tant de batailles ?

Quand même, avec son dernier œuf,

La poule serait avalée,

Le Ciel à côté du Pont-Neuf

A mis le quai de la Vallée.

~~~~~~~~~~~~~~~~~~~~~~~~~~~~~~~~~~~~~

L'ASSIETTE.

Air : Mon père était pot.

Pour un chansonnier bien gourmand,
  Qui dîne chez Balaine,
L'assiette est un sujet charmant,
  Sur-tout quand elle est pleine.
    Il est, (nous dit-on),
    Des gens de bon ton
  Qui mangent sans serviette :
    Mais en général,
    On vit toujours mal,
  Quand on n'a point d'*assiette*.

Manger peu, c'est un grand défaut :
  Le convive sévère,
Quand on lui verse, sait qu'il faut
  Toujours vider son verre.
    Qui veut parvenir,
    A soin de venir

Aux dîners d'étiquette ;

Et les bons gourmets

Savent vider , mais

Jamais piquer l'*assiette*.

Rousseau nous dit qu'il se trouvait

Beaucoup plus à son aise ,

Lorsqu'au lieu de table il avait

Les genoux de Thérèse.

De ses doux repas

Il ne perdait pas

Seulement une miette.

Qu'ils étaient heureux

De bien vivre deux ,

Dans une même *assiette* !

Lorsqu'Adam n'avait pour maison

Qu'le simple bocage ,

Son lit était le vert gazon ,

L'eau pure , son breuvage.

On sait que la main

De ce bon humain

Lui servait de fourchette.

Tous les jours le Ciel

De fruits et de miel ,

Remplissait son *assiette.*

CONCLUSION.

L'auteur , pour arriver au but ,

Espère , ou s'inquiète ;

Heureux , s'il peut , à son début ,

Prendre une bonne *assiette* !

Crainte de chagrin ,

Fidèle au refrain

De cette chansonnette ,

J'évite l'éclat ,

Et près d'un bon plat ,

Je suis dans mon *assiette.*

5

~~~~~~~~~~~~~~~~~~~~~~~~~~~~~~~~

BOUDER CONTRE SON VENTRE.

Air : Du pas redoublé,
Ou : Que j'aime à voir un Corbillard.

Un auteur qui ne boude pas,
 A dit dans certain livre ,
Que refuser un bon repas ,
 C'est ne pas savoir vivre.
Ce bas monde est un cercle étroit ,
 Dont la table est le centre ;
Le plus boudeur jamais n'y doit
 Bouder contre son ventre.

Voyant Ésaü qui boudait
 Pour un plat de lentilles ,
Jacob lui dit : « Soit mon cadet ,
 « Et mange ces vétilles. »
« Dussé-je passer pour un Job ,
 « Répond le gourmet ; diantre !
« Je ne veux pas , frère Jacob ,
 « Bouder contre mon ventre. »

Par ce bel exemple entraîné
  Le gourmand parasite,
Toujours avant qu'on ait dîné,
  Vient faire sa visite.
En vain il déplaît à chacun ;
  D'un air joyeux il entre :
Vit-on jamais un fat à jeun
  Bouder contre son ventre.

Brûler d'une timide ardeur
  Aux pieds d'une coquette,
Applaudir aux vers d'un auteur
  Dont on pique l'assiette ;
Sur les bons plats dire son mot,
  Sans oser choisir entre,
Cela s'appelle comme un sot,
  Bouder contre son ventre.

Depuis qu'elle a donné son cœur
  A l'amant qui l'abuse,
Élise a pris un air boudeur
  Que son état excuse ;

5 *

Elle voudrait , à chaque instant ,
  Se cacher dans un antre :
On voit bien que la pauvre enfant
  Boude contre son ventre.

Qu'importe que dans ma chanson,
  D'une voix unanime ,
Vous me disiez que la raison
  Boude contre la rime :
Sifflez , ou boudez tour à tour ;
  Moi , qui bois comme un chantre ,
Je me sens trop d'appétit pour
  Bouder contre mon ventre.

SONNET

EN RÉPONSE A QUELQU'UN QUI ME REPROCHAIT
MA PARESSE.

L'AMOUR m'enlève au Dieu des vers ;
Mon silence est bien légitime ;
Quand la raison est à l'envers ,
On ne doit plus chercher la rime.

Pour son honneur et pour le mien,
Ma muse un instant se repose.
Les amateurs n'y perdront rien ,
Et j'y gagnerai quelque chose.

Si la gloire a beaucoup de prix ,
Je sens qu'un cœur vraiment épris
N'est pas le moins heureux du monde.

Apollon cependant me plaît :
Mais ce Dieu là , tout blond qu'il est ,
Ne vaudra jamais une blonde.

IL FAUT CHANTER.

Air : A voyager, passant sa vie.

MES amis, au besoin d'écrire,
Si nous ne pouvons résister,
Et si l'on ne peut pas nous lire,
Du moins qu'on puisse nous chanter,
Sans courir après l'épigramme,
Convenons-en à l'unisson ;
L'ennui doit la naissance au drame ;
La gaîté vient de la chanson.   (*Bis.*)

Celui qui compose un gros livre,
N'a souvent que des envieux,
Et dans l'avenir on peut vivre
En rimant des couplets joyeux.
Sans redouter le sort d'Icare,
Des Grâces suivant les leçons,
Anacréon, près de Pindare,
Redit ses aimables chansons.

Un amant chante sa maîtresse ;
Un guerrier chante ses hauts faits ,
Et des chansons , dans leur ivresse ,
Ils goûtent les heureux effets.
Craignant de mortelles blessures ,
Deux rivaux , en braves garçons ,
Se provoquent par des injures ,
Et finissent par des chansons.

Qu'un virtuose incomparable
Chante jusqu'au *nec plus ultrà* ,
Au dessert la chanson de table
Vaut un grand morceau d'opéra.
Quand il a bu mainte rasade ,
Un gourmand , gai comme un pinson ,
Qui dort au son d'une roulade ,
S'éveille au bruit d'une chanson.

Laissons dire les gens sévères ,
Trop indiscrets et trop chagrins ;
Chantons , et que le bruit des verres
Accompagne tous nos refrains.

Si monsieur Pluton nous réclame ,

Sans murmurer , obéissons ;

Et n'osant lui chanter sa gamme ,

Nous lui chanterons nos chansons.

~~~~~~~~~~~~~~~~~~~~~~~~~~~~~~~~~~~~~~~

LE COCHE.

Air : Rendez-moi mon écuelle de bois.

Un butor, sans trop se déranger,
 Arrive à la fortune ;
Un savant prend un ballon léger
 Pour aller vers la lune :
 Pour arriver au double mont,
 En chemin si rien ne l'accroche,
Au lieu d'un élégant phaéton,
 Ma muse prend le *coche*.

Abandonnons aux heureux du jour,
 Le superbe équipage ;
Le *coche*, bien solide et bien lourd,
 A plus d'un avantage :
 Ne voyons-nous pas le hasard,
 Qui fait souvent mainte anicroche,
Promener les ennuis dans un char,
 Et les ris dans un *coche*.

Le *coche* nous amène à Paris,

Des agnès, des nourrices,

Des Manseaux, des Normands dégourdis,

Et des Gascons novices :

Attend-on d'un pays lointain,

Une future sans reproche ;

Pour l'avoir de la première main,

Il faut la prendre au *coche*.

Pour faire un voyage de long cours,

Monsieur Riflard s'absente ;

Près de sa dame, au bout de deux jours,

Un galant se présente :

L'épouse, malgré son serment,

Sent déjà son honneur qui cloche ;

Il est clair que l'époux et l'amant

N'ont pas manqué le *coche*.

De Saint-Cloud, le *coche*, l'an passé,

Marchait comme une souche ;

Mais, voyant son char embarrassé,

Le cocher prend la mouche :

Il jure , il frappe , coup sur coup ,

Son cheval , plus dur qu'une roche ;

Et nous serions encore à Saint-Cloud ,

Sans la mouche du *coche*.

Pour aller dans le sombre manoir ,

Voir Pluton face à face ,

S'il faut , dans un *coche* peint en noir ,

Prendre un jour notre place :

Sans redouter le trait fatal ,

Que toujours le destin décoche ,

Je crois que nous ne ferions pas mal ,

D'attendre ici le *coche*.

~~~~~~~~~~~~~~~~~~~~~~~~~~~~~~~~

LES DINDONS.

Air : La maison de M. Vautour.

On dit les Dindons sans esprit ;
C'est un malheur très-ordinaire.
Il est des gens , sans contredit,
Dont l'espèce est moins nécessaire.
Beaucoup de modernes Pradons
Qui s'estiment de grands poëtes ,
Nous prouvent bien que les Dindons
Ne sont pas encor les plus bêtes.

Sur les rimeurs et les Dindons ,
Taisons-nous : savons-nous d'avance
Ce qu'un beau jour nous deviendrons ?
Voilà ce que dit la prudence :
Il est vrai , plus d'un esprit fort
Qui rit de la métempsycose
Deviendra bête après sa mort ,
Sans subir de métamorphose.

Le Dindon , comme l'ignorant ,
Pour la moindre chose s'irrite ;
Malgré cela, plus d'un gourmand
Lui reconnaît bien du mérite.
Dans plus d'une bonne maison ,
Auprès d'une hôtesse gentille ,
On peut faire , avec un Dindon ,
Un très-bon repas de famille.

MONSIEUR GOBE-MOUCHE.

Air : Tenez , moi , je suis un bon homme ,
Ou J'ai vu partout dans mes voyages.

Si le bruit , la goutte ou l'orage
Ne dérangent point mon sommeil ,
D'abord , selon l'antique usage ,
Je me lève après le soleil ;
A quelques travaux je me livre ,
Mais cependant sans m'épuiser ;
Car je travaille un peu pour vivre ,
Et beaucoup pour me reposer.

Que m'importe que l'on renomme
La ville où régnaient les Césars !
Je n'irai point courir à Rome
Pour admirer le *pont des Arts*.
Si l'antiquité m'intéresse ,
Tous les deux jours on m'offrira
Et l'Egypte , et Rome , et la Grèce
(Pour mes trois francs) à l'Opéra.

Quand le bien public m'inquiète,
Pour me mettre au courant de tout,
Le matin, je lis la gazette,
Depuis le titre jusqu'au bout ;
Et pour bien savoir les nouvelles
De l'éléphant, de monsieur Burck (1),
Du roi George, ou des Dardanelles,
Je vais le soir au café Turc.

Je sais très-bien qu'on peut s'instruire
Sans voyager jusqu'au Pérou ;
Aussi sur l'aile du Zéphire (2.)
Je vais, le dimanche, à Saint-Cloud :
A ses superbes promenades
Mon cœur n'est point indifférent,
Et du sommet de ses cascades
Je vois combien le monde est grand.

---

(1) Burck, ministre anglais.

(2) Le Zéphire, vaisseau léger, moins lourd que la ga-
liote, préféré par les amateurs qui font le grand voyage
de Saint-Cloud.

Que dis-je ? hélas ! certaine angoisse

Nuit à mes désirs curieux ;

Car le clocher de ma paroisse

Est toujours présent à mes yeux :

Et quand sur la terre ou sur l'onde

Par la mort je serai surpris ,

Je m'en irai dans l'autre monde

Comme un bon bourgeois de Paris.

~~~~~~~~~~~~~~~~~~~~~~~~~~~~~~~~~~~~~~

RECULER POUR MIEUX SAUTER.

Air : du Remouleur et de la Meùnière.

Soit que l'on s'en tienne à la prose,
Ou qu'on s'avise de rimer,
Aux sifflets, hélas ! on s'expose
Dès que l'on se fait imprimer.
Puisqu'il faut en courir la chance,
Ne pas oser s'exécuter
Lorsque d'autres prennent l'avance,
C'est reculer pour mieux sauter.

Jeune fillette au regard tendre,
Qui badinez avec l'Amour,
Vous avez beau vous en défendre,
Il faudra lui céder un jour;
Malgré toute votre prudence
Un berger pourra vous tenter :
Le jour de la défaite avance ;
Vous reculez pour mieux sauter.

6

En vain de notre gaîté franche

Un jaloux serait étourdi ;

Quand le vingt tombe le dimanche

Nous ne dînons que le lundi (1).

En dépit de la médisance

Nous n'aimons pas à déchanter ;

Jamais nous ne dînons d'avance :

Nous reculons pour mieux sauter.

« Pour terminer uné quérelle ,

Disait Figeac à son rival,

« Jé sais uné botté nouvelle

« Dont l'effet est toujours fatal :

« A ma trop grandé pétulance

« Prudemment sachant résister ,

« Aussitôt qué mon homme avance

« Jé reculé pour mieux sauter. »

On dit, et je veux bien le croire,

Qu'un jour nous sauterons le pas ;

En attendant, songeons à boire ,

Et que le vin ne manque pas :

---

(1) Les diners de la Société épicurienne ont lieu
vingt de chaque mois.

Usons bien de la circonstance
Jusqu'au moment de nous quitter ;
Ne nous chagrinons pas d'avance ,
Et reculons pour mieux sauter.

———————

~~~~~~

LE CHIEN.

Air : Ton humeur est, Catherine,
Ou : Eh ! ma mère est-ce que j'sais ça.

On dit qu'un *Chien* n'est qu'un' bête ;
Ça s' peut, mais c'n'est point zun mal ;
Ben des gens qu'on l'air honnête
Ne valont pas c't animal.
J'en sais plus d'un qui jabote,
Et fait son réthoricien,
Avec un' tête d'linote,
Et pas tant d'raison qu'un *Chien*

Gna des gens assez godiches
Pour s' fair' tond' comm' des agneaux ;
N'craignez pas qu' les vrais caniches
S'laiss' manger la lain' sus l'dos.
On s'dup', on se pill' à la ronde ;
On s'bat pour défend' son bien ;
Pour viv' heureux dans c'bas monde
Li faut donc zét' un peu *Chien*.

Faut laisser sus les toilettes
Les toutous zet les azor ;
Tout ça n'mang' que des gimblettes;
Vive le fidel' Castor !
D' son maît' il est l'camarade ,
Et dans l' malheur son soutien;
C'est Oreste auprès d' Pylade ,
Ou bien Saint-Roch et son Chien.

Certains *Chiens* , quoi qu'on en dise ,
Comm' les homm' ont un cœur faux ,
Et l'on sait qu'la goumandise
N'est pas l'moindre d'leux défauts ;
Mais ça leux zest pardonnable ,
Puisqu'on voit d'bons citoyens ,
Quand i' sont d'vant zun' bonn' table ,
Qui n'donn' pas leux part zaux *Chiens*.

Un dog' qui fait du tapage ,
C'est Jupiter ou Dragon ;
C'ti-là qui n'aim' que l'carnage ,
On vous l' batise Pluton;

Et du nom d'César on nomme
Un mâtin quand i' s' bat bien ;
C'qui nous prouve que c' grand homme
Devait zêt' un fameux *Chien.*

Plus *Chien* qu'tous les *Chiens* d'la terre ,
Un aut' *Chien*, qui n' badin' pas ,
C'est le triple *Chien* Cerbère ,
Qui nous attend tous là bas :
Quoiqu' sa min' soit zeffroyable ,
Pour un vivant c'est zun rien ;
Il est même assez bon diable ;
Mais Pluton c'est l'mauvais *Chien.*

D'vant l'comité des neuf Filles ,
Si j'allions dir' ma chanson
Comme un *Chien*, dans un jeu d'quilles ,
Je m' présent'rais sans façon.
J' leux f'rais un' fameus' courbette ;
Et j' leux dirais, j'vous préviens
Qu' je n' sis qu'un petit Poète
Qui veut fair' comm' les grands *Chiens.*

INSCRIPTION

POUR LE MAGASIN D'UNE JOLIE MARCHANDE.

Vous, qui fuyez l'Amour et la dépense,
 Loin de ces lieux portez vos pas.
Ce qu'on y vend a si belle apparence,
 Et celle qui vend, tant d'appas,
Que d'acheter lorsque l'on se dispense,
 A l'Amour on n'échappe pas.
 Ainsi, quand il fait une emplette
 Le chaland, s'il est amateur,
 Afin de mieux payer sa dette,
Laisse toujours son argent et son cœur.

~~~~~~

CHANSON MORALE.

Air : de Gilles en deuil.

QUE cette table est bien servie !
Que ces vins sont délicieux !
Pour peu que l'on tienne à la vie,
Ailleurs on ne peut être mieux.
Amis, si vous voulez m'en croire,
Soyons prudens, n'amassons rien :
Au plaisir bornons notre gloire ;
Ceux qui mangent tout, vivent bien.

Je ris toujours d'un économe
Qui perd sa vie en travaillant :
On peut être un fort honnête homme,
Et n'avoir pas un sous vaillant.
Amis, etc.

Le superflu si nécessaire
Nous impose de tristes lois :
Hélas ! telle est notre misère
Qu'on ne peut pas dîner deux fois,
Amis, etc.

Souvent la morale fatigue,
Souvent on prêche sans raison ;
Parlez-moi d'un enfant prodigue
Pour faire une bonne maison.
Amis , etc.

Toujours fidèle à son principe ,
Auprès de ses sacs entassés
Harpagon meurt : son fils dissipe,
En mémoire des trépassés.
Amis , etc.

A grands frais on fait un volume
Que le connaisseur jette au feu ;
D'après cela , moi je présume
Que l'esprit rapporte bien peu.
Amis , etc.

Suivant le précepte d'un sage
Je chante en buvant du Porto :
Je me ris du sort trop volage ,
Car, *omnia mecum porto.*
Amis , etc.

Vous me direz que ma recette
Mène tout droit à l'hôpital ;
Mais chez Lucifer qui nous guette ,
Nous serons logés bien plus mal.
Amis , etc.

Si notre héritage a des charmes
Pour un avide successeur ,
Dans les yeux il aura des larmes,
Et trop de joie au fond du cœur.
Amis , etc.

Tous les jours notre terme arrive ;
Jouissons , les momens sont courts ;
Là-bas , sur l'infernale rive ,
Les écus n'auront plus de cours.
Amis , si vous voulez m'en croire ,
Soyons prudens , n'amassons rien :
Au plaisir bornons notre gloire ;
Ceux qui mangent tout , vivent bien.

LE FOND DU SAC.

Air du petit Matelot.

Lorsque le vingt du mois arrive
Chacun apporte son tribut;
Et comme un autre, en bon convive,
Je veux atteindre au même but :
Ma muse timide et discrette
Éprouvant un certain tic-tac,
Me dit que pour payer ma dette
Il faut fouiller au *fond du sac.*

Le *fond du sac* est une mine
Qu'on ne peut voir à découvert ;
Un cœur où l'intérêt domine
Ne saurait être moins ouvert.
Tous les jours un ami sincère ,
Presqu'autant que monsieur de Crac ,
Vous touche la main et la serre
Mais sans toucher au *fond du sac.*

7 *

Tel est brave, et, quoi qu'il en dise,
Son courage est un peu douteux :
Prêchant contre la gourmandise,
Tel autre est un gourmand honteux.
Les vertus ou l'intempérance
Tiennent souvent de l'estomac ;
Le plus modeste en apparence
N'ose montrer le *fond du sac.*

Un état fâcheux ou prospère
Dans ce monde n'est jamais sûr ;
Mais le sage toujours espère,
Quoiqu'il se trouve au pied du mur ;
Il dit, j'ai mon cœur pour ressource ;
Le sort, qui fait plus d'un mic-mac,
A mis le diable dans ma bourse,
Et l'espérance au *fond du sac.*

O vous, docteur à longue vue,
Qui sans doute riez de nous,
Des Cieux vous faites la revue ;
Mais, dans le fond, que voyez-vous ?

Ah ! votre science profonde
Vaut moins qu'une once de tabac :
Si l'on voit clair dans l'autre monde
Nous verrons tous le *fond du sac*.

Malgré les rimes trop rebelles,
Ayons toujours, même au bivouac,
Pour chanter Comus et les belles,
Un refrain dans notre bissac :
Joyeusement passons la vie,
Raisonnons *ab hoc et ab hac* ,
Et que la tristesse et l'envie
Ne quittent pas le *fond du sac*.

~~~~~~~~~~~~~~~~~~~~~~~~~~~~~~~~

LES BOUTS.

Air : Ce Boudoir est mon Parnasse. (de Fanchon.)

Je sais sur le *bout* du pouce
Qu'il faut chanter du nouveau ;
Mais lorsqu'à *bout* on me pousse,
Je suis au *bout* du rouleau :
Jusqu'au *bout*, veuillez m'entendre ;
Puissé-je, en flattant vos goûts,
Venir à *bout* de bien prendre
Mon sujet par tous les *bouts*.

Pour faire un *bout* de harangue,
Que d'orateurs consommés
Ont sur le *bout* de la langue
Des discours en *bouts rimés !*
Croyant duper à la ronde,
Combien d'aigrefins bernés
Seraient, jusqu'au *bout* du monde,
Menés par le *bout* du nez !

Fuyons (Comus le conseille),
Ces gens, à l'air important,
Qui cachant le *bout* d'oreille,
Vous tirent à *bout* portant :
Aussi poltrons que des lièvres,
Ils savent, toujours prudens,
Boire avec le *bout* des lèvres,
Et rire du *bout* des dents.

L'Amphitrion, bon apôtre,
Quand il fait tout ce qu'il doit,
Doit placer, d'un *bout* à l'autre,
Tous les plats au *bout* du doigt.
Lorsque son vin est potable,
Et lorsqu'on n'est pas de *bout*,
N'aurait-on qu'un *bout* de table,
On tient toujours le bon *bout*.

C'est en vain qué l'homme compte
Et veut joindre les deux *bouts* ;
L'or n'est pas , au *bout* du compte,
Fait pour des topinanboux.

Au *bout* le *bout*, dit le sage,

Tant que la marmite *bout*,

Faisons gaîment le voyage.

Et puis nous verrons au *bout.*

~~~~~~~~~~~~~~~~~~~~~~~~~~~~~~~~~~~~

LE PLAISIR.

CHANSON.

Air : Quand l'Amour naquit à Cythère.

Plus léger qu'un enfant d'Éole,
Errant dans les plaines de l'air,
Le plaisir, notre chère idole,
Brille, à nos yeux, comme un éclair.
A notre esprit il vient se peindre
Sous mille formes, mille attraits,
Et le vrai moyen de l'atteindre,
C'est de ne pas courir après.

Il fuit les pas de la coquette,
Il suit les enfans d'Apollon ;
L'insipide et froide étiquette
L'endort dans un brillant salon.
Un docteur le fait disparaître,
En cherchant à le définir :
Lise, en souriant, le fait naître,
Et son jaloux le fait mourir.

Fille dont le cœur est bien tendre
Soupire toujours après lui ;
Mais quand il se fait trop attendre,
Il est remplacé par l'ennui :
L'ennui, le suivant à la piste,
Prend son nom pour nous abuser;
Et voilà pourquoi l'on est triste,
Lorsque l'on cherche à s'amuser.

CARON.

Air du vaudeville d'Arlequin tout seul.

QUAND vous aurez , par Esculape ,
Fait signer votre passe-port,
A travers l'infernale trape ,
Vous descendrez au sombre bord.
Là , sous des voûtes effroyables ,
Vous verrez couler l'Acheron ,
Et pour aller à tous les Diables ,
Vous prendrez la barque à Caron.

Caron , si l'histoire est fidelle ,
Est le plus ancien Nautonnier ,
Et tous les morts dans sa nacelle
Sont bien reçus pour un denier ;
Mais , sans cela , quand on arrive ,
On est bien sûr, sans contredit ,
De rester long-temps sur la rive ,
Car le juif ne fait pas crédit.

Quand l'homme est lassé de carnage,
C'est pour lui la morte saison ;
Aussi le vieux avare enrage ,
Quand il nous trouve à la raison.
Les intérêts de sa cuisine ,
Pendant la paix , sont bien lésés;
Mais , grâces à la médecine ,
Il reste peu les bras croisés.

Pour punir cet homme inflexible
Qui n'a d'autre Dieu que l'argent ,
Mes amis, le plus tard possible ,
Portons lui notre contingent.
Si vous me précédez , j'espère
Que vous lui tairez mes couplets,
Et si vous rencontrez Cerbère ,
Prenez bien garde à vos molets.

~~~~~~~~~~~~~~~~~~~~~~~~~~~~~~~~~~~~~~

AMOUR ET GOURMANDISE.

Air : De tous les Dieux que la fable.

La nature généreuse
M'ayant fait le doux présent
D'une âme bien amoureuse ,
D'un estomac complaisant,
Mon cœur est , lorsque je dîne ,
Électrisé , tour à tour ,
Par le feu de la cuisine ,
Et par celui de l'amour.

Bercé par de doux mensonges ,
Près d'un aimable tendron ,
Je suis toujours dans mes songes ,
A table jusqu'au menton ;
Et dès que le jour commence ,
Soudain, quittant mon chevet ,
Je soupire une romance ;
Et je cours à mon buffet,

Au printems comme en automne,
Par leurs charmes ravissans,
Les dons de Flore et Pomone
Jettent le trouble en mes sens ;
Aussi toujours je m'empresse
De choisir, en homme expert,
Un bouquet pour ma maîtresse,
Et des fruits pour mon dessert.

Dans un joli tête à tête,
Si je me laisse entraîner,
Je n'ai que le but honnête
De plaire et de bien dîner :
J'aime une simple toilette,
Presqu'autant qu'un vin coiffé ;
Mais je fuis une coquette
Plus qu'un dîner réchauffé.

Une place dans l'histoire
N'excite point mes désirs ;
J'aime mieux vivre sans gloire
Que de vivre sans plaisirs.

Entouré d'amis fidèles,

Que ne puis-je, à tous moments,

Me trouver, entre deux belles,

A table avec des gourmands !

———

~~~~~~

LA MÊME CHOSE.

Air du vaudeville de la Fille en loterie.

L'AGE d'or, hélas! est bien loin;
Voilà ce que disaient nos pères;
Et de père en fils, avec soin,
On redit leurs plaintes amères;
On vieillit, on se plaint encor,
Et du présent toujours on glose :
Enfin, même avant l'âge d'or,
On répétait la même chose.

Dans l'âge d'or, lorsque la nuit,
Sur la terre, étendait son voile,
Nos bons aïeux, à ce qu'on dit,
Se couchaient à la belle étoile.
Ce n'est plus tout à fait cela;
Mais paisiblement on repose
Dans un bon lit, (quand on en a),
N'est-ce donc pas la même chose?

Alors on vivait plus long-temps !
En effet, au siècle où nous sommes,
A peine ont-ils passé vingt ans ,
Qu'on voit déjà vieillir les hommes.
Tous les plaisirs sont des besoins
Que le goût du jour leur impose ;
On jouit plus vîte , on vit moins ,
C'est à peu près la même chose.

Alors , par des nœuds bien constans ,
On se fixait auprès des belles ;
Tous les maris étaient amans ,
Et toutes les femmes fidelles.
Aimables beautés , vos époux
Sont bien changés , je le suppose :
Pour la constance , dites-nous ,
Est-ce toujours la même chose ?

Dans l'âge d'or , on ne voulait
Parler que pour se faire entendre ,
Et la prose que l'on parlait
Était bien facile à comprendre.

8

Aujourd'hui , maint confrère et moi,

Nous gâtons les vers et la prose ,

Et quand nous inventons , je croi

Que c'est toujours la même chose.

~~~~~~~~~~~~~~~~~~~~~~~~~~~~~~~~~~

COMPLIMENT DE NOUVELLE ANNÉE.

Air : Ton humeur est , Catherine.

Souffrez, mam'sell', que j' profite
D'l'occasion du moment
Pour vous fair' ma p'tit' visite,
Avec mon p'tit compliment;
N'en soyez point zétonnée ;
Mais j'sentons d'puis pus d'un jour
Que l'premier jour de c't' année
N' s'ra pas l'dernier d'mon amour.

V'là des bonbons qui, sans r'proche,
V'nons tout droit d'cheux l'confiseur.
J'y'ons dit d'm'en emplir la poche,
Et j'ons pris c'qui g'nia d'meilleur.
Ces drogu's-là n'sont pas trop chères,
Pour le plus tend' des amants :
Si vous les trouvez amères,
Songez ben qu' jeu' sis pas d'dans.

Si mes vers et ma personne
Vous inspirent queuq' pitié ,
Faut qu' vot' complaisanc' me donne
un' preuv' de vot' amitié.
Pour m'dédommager des peines
Que m' fait souffrir mon ardeur ,
J'voulons vot' cœur pour étrennes ,
Avec l'étrenn' de vot' cœur.

~~~~~~~~~~~~~~~~~~~~~~~~~~~~~~~~~~~~

LA QUERELLE DE MÉNAGE,

CONTE.

Un mari, très-impatient,
Se disputait avec sa femme.
Le caractère de la Dame
Par malheur était très-bouillant :
Les épithètes les plus dures
Se prodiguaient entre nos deux époux,
Et du chapitre des injures
Ils allaient en venir au chapitre des coups.
Le mari cependant, ami de la décence,
Se venge d'une autre façon.
Le couvert était mis : il prend un carafon,
Et par la fenêtre il le lance ;
La femme tombe sur les plats,
Et puis, dans le ruisseau, les renvoie en éclats ;
Enfin les verres, les assiettes,
Les bouteilles, la nape, et tout jusqu'aux serviettes

Par la fenêtre fut jeté,

Si bien qu'en un moment le couvert fut ôté.

Le domestique, à la voix de son maître,

Comme le dernier plat venait de disparaître,

Avec la soupe était monté.

Voilà mon homme, à cette vue,

Qui s'échauffe de son côté,

Et fait sauter la soupe dans la rue.

Pourquoi cette vivacité,

Demande le couple en colère ?

Pardon, dit le valet, ne vous emportez pas :

En faisant comme vous, hélas ! j'ai cru bien faire

Moi, j'ai pensé que vous dîniez là-bas.

LA PLUME ET LE CŒUR.

Air du Vaudeville d'Arlequin Musard.

Si j'avais reçu l'influence
Du Dieu qui dicte les bons vers,
Je pourrais , avec assurance,
Traiter mille sujets divers.
Mais en efforts je me consume ,
Le moindre sujet me fait peur ;
Et je sens qu'un homme de plume
N'est pas toujours homme de cœur.

Avec un talent ordinaire ,
On peut assurer cependant
Que si la plume est bien légère ,
Pour le moins le cœur l'est autant.
En effet, chacun s'accoutume
A vanter sa foi , sa candeur ,
Et comme le vent sur la plume ,
L'égoïsme agit sur le cœur.

Il existe à peine entre mille
Un modeste et sensible auteur
Dont la plume, toujours facile,
Soit bien d'accord avec le cœur.
Celui qui compose un volume
N'en calcule que l'épaisseur,
Et les fruits nombreux de la plume
Sont rarement les fruits du cœur.

Sans doute, il est beau de se dire :
Mon nom va devenir fameux,
Et mes écrits se feront lire
Jusque chez nos derniers neveux.
Un tel espoir, je le présume,
Doit enflammer plus d'un auteur :
Mais, hélas ! la meilleure plume
Ne peut remplacer un bon cœur.

LE FEU.

Air : Du partage de la richesse. (de Fanchon.)

Du *feu* la puissance infinie
Électrisant mon Apollon,
Sans avoir le *feu* du génie,
Sur le *feu* j'ai fait ma chanson.
Ce sujet, qui, sans doute inspire,
Pour d'autres ne serait qu'un jeu;
Mais je sens, malgré mon délire,
Que je tremble en parlant du *feu*.

Le *feu* que l'on brûle à Cythère,
De Bacchus l'ardente liqueur,
Le *feu* terrible de la guerre
Echauffent tous les gens de cœur.
Sans *feu* les auteurs, les artistes
Des gens de goût n'ont point l'aveu.
Combien d'époux et d'égoïstes
Auraient besoin d'un coup de *feu*!

Femme qui sait bien se défendre ,
A petit *feu* nous fait brûler ;
Près du *feu* caché sous la cendre ,
Tout homme sage doit trembler.
Méprisons ces *feux* d'artifice
Qui brillent trop et durent peu ;
Mais quand nous rendons un service
Mettons toujours les fers au *feu*.

Au coin du *feu* , lorsqu'on s'ennuie ,
On aime à trouver un roman ,
Qui joint au *feu* de la saillie ,
L'aimable *feu* du sentiment :
Mais quand un livre est pitoyable ,
Ou bien froid comme un conte bleu ,
On donne l'écrivain au Diable ;
Et l'on jette l'ouvrage au *feu*.

Du premier *feu* de la jeunesse
Le souvenir nous plaît toujours ;
Malheur à qui, dans sa vieillesse,
Cède encore au *feu* des amours !

De la coquette , il suit les traces ;
Elle rit de son faible vœu :
On ne peut fondre un cœur de glace
Quand on est à son dernier *feu*.

Le *feu* des sens qui nous maîtrisent ,
De nos jours use la moitié.
Ah ! lorsque tous nos *feux* s'épuisent
Gardons le *feu* de l'amitié ;
Que sa flamme enivrante et pure
Des autres *feux* nous tienne lieu ;
Et pour faire un bon *feu* qui dure
Ne jetons pas tout notre *feu*.

———————

~~~~~~

ÉTABLISSEMENT NOUVEAU.

Air : Je vais dîner au Veau qui tette.

Pour mettre un artiste en crédit,
C'est vainement que l'on cabale ;
On n'a rien dit quand on a dit :
Je dîne au Rocher de Cancale.
Dans un quartier délicieux,
Il existe un traiteur honnête,
Qui vous traite comme des dieux...,
A raison de dix sous par tête.

On a d'abord un consommé ,
Bien clair et de superbe mine ;
Du pain bis , un harang fumé ,
Et des choux où le lard domine.
Chacun peut boire à volonté ,
A petits coups , à tasse pleine ;
Le vin n'est jamais frelaté ,
Car on le tire.... à la fontaine.

Ce n'est point une jeune Hébé
Parmi les grisettes choisie,
Mais une vieille au teint flambé,
Qui vous présente l'ambroisie.
Sans médire de son talent,
Cette Vénus, un peu tannée,
A l'œil noir et le bras plus blanc.
Que le cœur de la cheminée.

Le Traiteur, peut-être exigeant,
Est cependant le plus traitable ;
Dès qu'en poche il a votre argent,
Le dîner paraît sur la table.
Pour jouir, malgré les pervers,
D'une sécurité bien douce,
Il met à l'abri ses couverts
En faisant manger sous le pouce.

En un mot, dans cette maison,
Où l'on dîne bien sans serviettes,
A chaque place, pour raison,
On a fait clouer les assiettes ;

Et , comme le linge est bien cher ,
Par une recherche nouvelle ,
Avec sa langue , Jupiter,
Tous les jours , lave la vaisselle.

———————

~~~~~~~~~~~~~~~~~~~~~~~~~~~~~~~~~~~~

LE PAIN.

Air du vaudeville d'Arlequin Musard.

Sans le divin jus de la treille,
Sans les doux présens de Cérès,
C'est en vain qu'un Apollon veille,
Il ne fera jamais *flores*.
La renommée est illusoire,
Et le plus modeste écrivain
Ne peut courir après la gloire
Lorsqu'il attend après le *pain*.

On est jaloux lorsque l'on aime,
Quand on écrit, on est berné,
On est, au sein des grandeurs même,
Par mille soucis consterné :
L'ennui vient toujours à la piste
Et la gaîté reste en chemin.
Quand on a trop d'or on est triste
On est gai quand on a du *pain*

Chacun cède à son habitude
Plus souvent qu'à son intérêt :
Gallus a le goût de l'étude ,
Trenk a celui du cabaret ;
Et voici ce que dit un livre ,
Dont l'auteur a le goût très-fin :
Si vous voulez toujours bien vivre
Ne perdez pas le goût du *pain*.

« Ah ! qué la fortune est injuste !
S'écrie un gascon ruiné ,
« J'ai dé l'esprit , un nom auguste ,
« Et pas dé *pain* pour mon dîné !
« Cé fournisseur , gras comme un moine ,
« Voit l'eau vénir à son moulin :
« Tous ses greniers sont pleins d'avoine ;
« Il est sûr dé manger du *pain*. »

ENVOI.

Aux gourmands qui savent écrire ,
Mon *pain* doit paraître un peu sec ;
Mais je n'ai qu'une chose à dire ,
Si je trouve un juge trop grec :

Tous ces plats rangés avec ordre,

Ici ne s'offrent pas en vain ;

Un vrai gourmand qui cherche à mordre ,

Ne doit pas mordre après le *pain*.

LES AMIS.

Air : J'ai vu partout dans mes Voyages.

Pour les soins et la complaisance ,
Vivent les amis d'aujourd'hui !
Leur prévoyante bienfaisance
Dans tous les temps est un appui.
Le moindre mal que l'on éprouve
Afflige leur cœur généreux ,
Et sans les chercher on les trouve
Lorsque l'on n'a pas besoin d'eux.

Si la fortune , par caprice ,
S'avise de vous maltraiter ,
Leur bourse est à votre service,
Et sur eux vous pouvez compter.
Pour exécuter leurs promesses ,
Ce sont des amis sans pareils ;
Et quand il vous faut des espèces
Ils vous apportent des conseils.

Je ne crains pas que l'on m'accuse
De répéter ce qu'on a dit ,
Car je trouverais mainte excuse
En citant maint nouvel écrit.
Mais une vérité nouvelle ,
Dont les sages sont convaincus ,
C'est que l'ami le plus fidelle
Est un coffre rempli d'écus.

———————

~~~~~~~~~~~~~~~~~~~~~~~~~~~~~~~~~

NAÏVETÉ.

Infame paresseux, tu ne veux donc rien faire?
Dit un jour un maître en colère
A son valet sous un arbre endormi.
« Au lieu de travailler, dormir en plein midi!
« Tu ne mérites pas que le soleil t'éclaire. »
« Vous avez bien raison , ma foi,
Dit le maraut, et mes torts sont sans nombre.
« Le soleil n'est pas fait pour moi ;
«Aussi, voilà pourquoi je me suis mis à l'ombre.»

——————————————

~~~~~~~~~~~~~~~~~~~~~~~~~~~~~

LES YEUX.

Air : J'étais bon chasseur autrefois.

QUE les yeux sont bien inventés !
Comme ils parent bien un visage !
Qu'ils procurent de voluptés ,
Lorsque l'on en peut faire usage !
Des yeux j'admire le pouvoir ;
Mais je crois qu'il est nécessaire ,
Quand on fait tant que d'en avoir,
D'en avoir au moins une paire.

C'est surtout dans un bon repas
Qu'avec les yeux on fait merveille :
Un gourmand qui n'y verrait pas
Pourrait mettre dans son oreille.
Le convive laborieux
Doit savoir (quand il n'est pas louche)
Dévorer tout avec les yeux
S'il ne met pas tout dans sa bouche.

Au théâtre, où l'on va souvent
Pour voir avec un œil sévère,
On a presque l'air d'un savant
Quand on porte des yeux de verre;
Mais en dépit de ce moyen,
Soit par erreur ou maladresse,
Dans mainte salle on ne voit rien,
Et quelquefois rien dans la pièce.

Les yeux sur la terre fixés
Sont ceux de l'homme qui médite;
Les yeux toujours embarrassés,
Le fripon lorgne et vous évite;
La coquette a les yeux malins,
Avec la tournure agaçante :
Mais il faut des yeux un peu fins
Pour trouver ceux d'une innocente.

Sans les yeux, verrait-on le jour?
Sans les yeux, verrait-on les femmes?
Sans les yeux, ferait-on l'amou,
Pourrait-on lire dans les ames?

Sans les yeux, verrait-on les cieux,
Les fleurs, la lune, les planettes?
Si l'homme n'avait pas des yeux,
A quoi serviraient les lunettes?

Quand on n'a des yeux que pour soi,
La vue est un faible avantage;
Avec les yeux purs de la foi,
On est heureux en mariage.
Sur les yeux, j'ai fait ma chanson,
Avec les yeux de l'espérance,
Et peut-être la lira-t-on
Avec les yeux de l'indulgence.

LA MARMITE.

Air : Tous les bourgeois de Chartres.

Qu'une muse badine
Célèbre tour à tour
La gloire ou la cuisine ,
La cuisine ou l'amour ;
Qu'elle chante parfois un homme de mérite ,
Un grand, un philosophe , un sot ;
Moi , sans tourner autour du pot ,
Je chante la *Marmite.*

Ceux qui veulent écrire
Avec quelque succès ,
Pour leur bien devraient lire
Le cuisinier français :
Cet utile écrivain leur apprendrait bien vîte ,
Que l'art d'écrire élégamment
Doit passer après l'art charmant
D'écumer la *Marmite.*

Un coup de martingale

Vient d'enrichir Damis :

Tous les jours il régale

A grands frais ses amis ;

Tous les jours même effort , et même réussite ;

Son bonheur paraît décidé. . . . ;

Hélas ! un fatal coup de dé

Renverse la *Marmite*.

La tendre Éléonore

Veut tâter de l'Hymen ;

A l'objet qu'elle adore

Elle donne la main :

Des maris complaisans elle a trouvé l'élite ,

Pour des écus , ils en ont peu ;

Mais ceux de Milord Pot-au-feu ,

Font bouillir la *Marmite*.

E N V O I.

Rire , chanter et boire ,

Si c'est là votre but ,

Ma muse se fait gloire

De payer son tribut.

10

Une fois tous les mois, de loin, je vous imite.

S'ils ne valent pas vos chansons ,

Mes vers sont toujours assez bons

Pour chauffer la *Marmite.*

———————

L'ÉPICURIEN FRANÇAIS.

Air : Quand l'Amour naquit à Cythère.

LA gourmandise et la tendresse
Sont mes deux péchés capitaux :
Si mon cœur est pour ma maîtresse ,
Ma bouche est pour les bons morceaux.
De beaux yeux , une bonne table ,
M'enflamment petit à petit ,
Et près d'une voisine aimable ,
J'ai toujours meilleur appétit.

Ne me parlez pas d'une fête
Où le sexe n'est point placé ;
Le vin seul échauffe la tête ,
Et le cœur y reste glacé.
En buvant , d'amour je me berce ,
Enivré par un doux regard ,
Et dès qu'une femme m'en verse ,
Le vin me semble du nectar.

Si j'aime à rencontrer ma belle ,
J'aime à trouver un beau couvert ;
Car j'ai le cœur tendre et fidelle ,
Et l'appétit toujours ouvert.
De désir et d'amour extrême
Je sens tout mon corps frissonner
Quand je puis dire : je vous aime ,
Et je vais faire un bon dîner !

~~~~~~

BOUTADE

SUR LES GRANDS DÎNERS.

Air : **Aux soins que je prends de ma gloire.**

LES grands dîners sont très-aimables ,
Et quelquefois trop sérieux ;
Car nous sommes plus raisonnables
Que ne l'étaient nos bons aïeux.
Au dessert , d'une voix tranchante ,
Ils chantaient comme des élus :
Depuis que tout le monde chante ,
A table l'on ne chante plus.

La gaîté bien pure et bien vive,
A table n'est plus de bon ton ;
Il faut toujours que le convive
Soit réservé comme un Caton.
Avec un appétit vulgaire ,
Un vrai gourmand doit être exclus :
On boit peu , l'on ne mange guère ;
Bientôt on ne mangera plus.

Sur la table , pour la revue,

Chaque mets semble destiné ;

On s'en régale un peu la vue,

On se lève , et l'on a dîné.

D'après ce plan qu'on aime à suivre ,

Combien de besoins superflus !

Ah ! pour montrer son savoir vivre ,

Je crains bien qu'on ne vive plus.

ENVOI.

Sur ces abus que je dénonce ,

Et sur leurs progrès alarmans ,

Que votre sagesse prononce ;

Défendez les droits des gourmands.

Si je n'ai rien chanté qui vaille ,

Si mes couplets ne sont pas lus ,

Le bon ton qui veut que l'on bâille ,

Ordonne qu'on ne siffle plus.

~~~~~~~~~~~~~~~~~~~~~~~~~~~~~~~~~~

LE SEL.

Air : Du Partage de la richesse. (De Fanchon.)

Toujours avec le *sel* attique
On doit réveiller son lecteur ,
Et contre la dent du critique
Le *sel* peut défendre un auteur.
Si l'on admire le génie
Dont l'empire est universel ,
On excuse un grain de folie
Assaisonné d'un grain de *sel*.

Il est des muses complaisantes ,
Qui riment sur des airs touchans ,
Des épigrammes innocentes
Et des madrigaux bien méchans.
Quelques auteurs ; non moins sublimes ,
Se feraient un nom immortel ,
Si le grand magasin des rimes
Était aussi celui du *sel*.

Piquant Boileau, divin Molière,
Dont le style est toujours vanté,
Vous seul possédés la manières
D'être mordans sans âcreté.
Mais dans ces jours de bienfaisance,
L'esprit gâte le naturel ;
On prodigue la médisance,
Et l'on épargne trop le *sel*.

Abandonnons à leur délire
Les docteurs pleins de gravité :
Au lieu du fiel de la satire,
Usons du *sel* de la gaîté.
Souvent chez un Crésus aimable,
C'est-là le point essentiel :
Le financier fournit la table,
L'homme d'esprit fournit le *sel*.

~~~~~~~~~~~~~~~~~~~~~~~~~~~~~~~

REGRETS.

Air à faire.

DEPUIS que ma jeune maîtresse
Dans mon asile ne vient plus,
Mon âme, en proie à la tristesse,
S'exhale en regrets superflus.
Dans les soupirs, dans les alarmes
Je passe la nuit et le jour.
De douleur je verse des larmes
Où je versais larmes d'amour.

Ainsi l'on consume la vie
Entre la peine et le plaisir;
On n'est pas heureux sans amie,
Et quand on aime, il faut souffrir.
Dans le bonheur, dans les alarmes,
Un tendre cœur vit tour à tour,
Et de douleur les tristes larmes
Font mieux goûter larmes d'amour.

Objet constant de mon hommage ,

De mes vœux , de mes souvenirs ,

Hélas ! ta séduisante image

Ne fait qu'irriter mes désirs.

Par ta présence , par tes charmes ,

Reviens embellir mon séjour ,

Et de douleur les tristes larmes

Seront bientôt larmes d'amour.

~~~~~~

SUR LA DANSE.

Air du vaudeville des Visitandines.

Nos aïeux connaissaient à peine
La science des entrechats ;
Mais de nos jours l'espèce humaine
Vers le bien a fait un grand pas.
Les artistes les plus ingambes
Sont les docteurs seuls en crédit ;
Si l'on néglige un peu l'esprit,
On cultive beaucoup les jambes.

D'une beauté que l'on adore,
Au bal on recherche la main,
Et du temple de Therpsycore,
On la mène au temple d'hymen.
Son maintien paraît un peu libre,
Mais la pudeur n'en souffre pas :
On évite tant de faux pas,
Quand on connaît bien l'équilibre !

II *

D'une éducation futile,

Je vois trop que l'on m'a fait don ;

Je connais un peu mon Virgile ,

Mais je fais mal un rigodon :

Aussi ma nullité parfaite

Doit amuser plus d'un censeur ;

Car je rime comme un danseur

Et je danse comme un poëte.

LA PARESSE.

Air : Quand l'Amour naquit à Cythère.

La Paresse, qu'on nomme un vice,
Est un présent qui vient des Cieux ;
Et tous les jours, avec délice,
J'use de ce don précieux.
Par plus d'un exemple, je pense
Que mes goûts sont autorisés ;
Avant de perdre l'innocence
Adam vivait les bras croisés.

C'est la soif de l'or qui nous tente,
A l'or nous donnons tous nos soins ;
L'homme travaille et se tourmente
Pour avoir plus, et vivre moins.
Tels qui sont morts dans leurs voyages,
Vivraient, hélas ! désabusés,
S'ils avaient su, beaucoup plus sages,
Rester chez eux les bras croisés.

Le bonheur de ne plus rien faire
Est le but de tous les travaux ;
Le plus laborieux espère
Trouver à la fin le repos.
En suivant la route commune ,
Combien de gens mal avisés
Vont courir après la fortune !
Moi , je l'attends les bras croisés.

Si pour avoir de la richesse
Ce n'est pas le plus court moyen ,
Du moins, graces à ma paresse
N'ayant rien , je ne perdrai rien.
J'ai sans doute une âme immortelle
Aussi bien que les gens aisés ,
Et pendant la vie éternelle
J'aurai comme eux les bras croisés.

~~~~~~~~~~~~~~~~~~~~~~~~~~~~~~~~~~~~~

PETIT BONHOMME VIT ENCORE.

Air : Fille à qui l'on dit un secret;
Ou du vaudeville de Cassandre-Agamemnon.

CONTRE vos vers et vos repas
S'il s'élève un censeur austère ,
Joyeux rimeurs , je ne crois pas
Qu'il parvienne à nous mettre en terre.
S'il s'obstine à vous condamner,
Tous les mois, d'une voix sonore,
A l'oreille il faut lui corner :
Petit bonhomme vit encore.

Bravant l'inconstance du sort ,
Qui , du soir au matin le berne ,
Certain fou ne se croit pas mort
Tant qu'il peut jouer le *quaterne.*
Il va toujours, bien convaincu
Que dans la boîte de Pandore ,
S'il peut retrouver un écu ,
Petit bonhomme vit encore.

Chers neveux ! dit un moribond ,
Vous attendez ma fin prochaine ;
Ne vous lassez pas , je tiens bon,
Et je passerai la centaine.
Pour contrarier vos plaisirs ,
Grace au vin vieux qui me restaure ,
Malgré mon asthme et vos désirs ,
Petit bonhomme vit encore.

Panard, ce chansonnier divin ,
Qu'à juste titre l'on renomme ,
A côté d'un grand écrivain ,
Panard n'est qu'un petit bonhomme ;
Et pourtant lorsque le néant ,
Sans aucune pitié dévore
Les débris de plus d'un géant ,
Petit bonhomme vit encore.

Avec ce refrain innocent ,
Dont un jeu consacra l'usage ,
L'aimable folie , en passant ,
Nous donne une leçon bien sage.

Le temps qui fuit et rit de nous,
Nous dit en ramenant l'aurore :
Jouissez, et dépêchez-vous,
Petit bonhomme vit encore.

————

A BEAU MENTIR QUI VIENT DE LOIN.

Air du Vaudeville du ballet des Pierrots.

Je crois volontiers aux ancêtres
Dont se vante un sot orgueilleux ;
Je crois aux voluptés champêtres
Qui ravissaient nos bons aïeux ;
Je crois même au récit superbe
D'un voyage fait sans témoin ;
Mais aussi, je crois au proverbe :
A beau mentir qui vient de loin.

Par ses contes galans, Elvire,
Tient les auditeurs ébahis :
Elle a bien des choses à dire,
Car elle a vu bien du pays.
De ses adorateurs illustres
Les noms sont inscrits avec soin ;
Mais elle compte quinze lustres :
A beau mentir qui vient da loin.

Avec ses visions cornues,
Quand il cherche à nous divertir,
Un voyageur, tombant des nues,
Achète le droit de mentir.
Ou lorsqu'un marin dans la Seine
Prend un brochet pour un marsouin,
A Paris on le croit sans peine :
A beau mentir qui vient de loin.

Si, pour former l'esprit d'un homme,
Un grand voyage est toujours bon,
Pour aller bien plus loin que Rome,
Je veux monter dans un ballon :
Je dirai que je vais en Grèce,
Et je descendrai dans un coin,
Près de Nanterre ou de Gonesse :
A beau mentir qui vient de loin.

Si l'on en croit certaine histoire,
En enfer on n'a pas beau jeu ;
Dès qu'on a passé l'onde noire,
On dit qu'on n'y voit que du feu.

Mais cette histoire que l'on brode
Ne peut nous donner du tintoin ;
Elle est aussi vieille qu'Hérode :
A beau mentir qui vient de loin.

~~~~~~~~~~~~~~~~~~~~~~~~~~~~~~~~~~~~~~~

LA CURE MERVEILLEUSE,

CONTE.

ATTEINT par un boulet brutal,
Un Matelot eut la jambe cassée,
Ce coup-là, pour un autre, aurait été fatal;
  Mais, sans lui causer aucun mal,
La jambe en un moment se trouve replacée :
  Le Matelot peut se tenir dessus,
Si bien qu'une heure après, il n'y paraissait plus.
  Un amateur, surpris de l'aventure,
    En écrit à la faculté ;
    Et qui plus est, sa lettre assure
Que par deux cents témoins le fait est attesté.
  A l'instant même on tient un comité,
    On raisonne et l'on conjecture,
    On cherche par quel procédé
    On a pu faire une semblable cure,
Et sans que le blessé se trouve incommodé.
« Sans doute, il a fallu vaincre bien des obstacles,

Dit un membre, très-gravement :

« Et le fait serait étonnant ,

« Si notre art n'était pas si fécond en miracles.

« Mais je suis seulement surpris

« Que le membre cassé , sans douleur, soit remis.

« Car enfin, dans nos mains savantes

« Combien de gens en pareils cas,

« Éprouvent des douleurs cuisantes ,

« Encor ne guérissent-ils pas ?

« A l'auteur de la lettre, il faut que l'on écrive,

« Pour être instruit plus amplement. »

Mais un second courrier arrive

Et vient finir ce débat important.

« Messieurs , dit le correspondant,

« Ma première étant trop pressée,

« J'avais fait un oubli : mais j'écris cette fois

« Pour vous donner avis que la jambe cassée

« Était une jambe de bois. »

———————

SOUVENIRS DUN ÉCOLIER.

Avec plaisir, toujours je pense,
Au collége, où, soir et matin,
Des maîtres bourraient notre enfance
De haricots et de latin; .
Nous vivions sans inquiétudes,
Et pourtant nous n'engraissions pas;
Car vous saurez que les études
Y valaient mieux que les repas.

Le jeu, les verges, la morale,
Combien cela produit d'effet !
J'entends encor les coups de balle
Et la férule du préfet.
A ce nom d'effroi je recule,
Car, hélas ! je dois convenir
Que s'il tenait bien la férule,
Il la faisait un peu sentir.

Latins, qui faisiez mon supplice
Et que je trouvais superflus,
Aujourd'hui je vous rends justice
Et je n'ai pas un sous de plus.
Mais je m'en console, et pour cause,
Puisque j'entends dire partout
Que l'argent mène à peu de chose
Et que le latin mène à tout.

J'avance, hélas! dans la carrière,
Et je l'avoue avec dépit ;
J'ai perdu ma candeur première
Avec mon premier appétit ;
Je préfère (et c'est un scandale)
Dans un magnifique ambigu,
Les mets du rocher de Cancale
Aux haricots de Montaigu.

~~~~~~~~~~~~~~~~~~~~~~~~~~~~~~~~

AUX FEMMES.

STANCES.

Femmes, qui faites les délices
Et les tourmens de nos beaux jours,
Vos faveurs ou vos injustices
A vos pieds nous mettent toujours.
Là, par une invincible chaîne,
Sexe malin, vous nous tenez.
Nous croyons que l'amour vous mène
Et vous nous menez par le nez.

Des malices que vous nous faites,
Notre cœur ne peut se lasser,
Et plus nous vous trouvons coquettes,
Plus nous cherchons à vous fixer.
Près de vous, l'homme le plus sage,
A toujours les yeux fascinés ;
Tel qui croit y voir davantage,
N'y voit pas plus loin que son nez.

12

Mais le temps qui fait disparaître
Et les attraits et les amans,
Trop tard vous apprendra peut-être
Qu'il faut profiter des beaux ans.
Alors, si vos rigueurs cruelles
Ont fait beaucoup d'infortunés,
Vous pourrez bien, beautés rebelles,
Rester avec un pied de nez.

~~~~~~~~~~~~~~~~~~~~~~~~~~~~~~~~~~~~~~

LES LOUPS NE SE MANGENT PAS.

Air : Ce boudoir est mon Parnasse. (de Fanchon.)

Un chapon, une omelette
Se mangent sans nul danger,
Et tout comme une mauviette,
Un bœuf se laisse manger.
Pour la table tout s'arrange
Par un utile trépas ;
Jusqu'aux agneaux, tout se mange :
Les loups ne se mangent pas.　　　(*Bis.*)

Pour de simples bagatelles,
Pour des motifs sérieux,
On voit les amans, les belles,
Se manger le blanc des yeux.
L'homme, transporté de rage,
De l'homme fait un repas ;
Quoiqu'ils aiment le carnage,
Les loups ne se mangent pas.　　　(*Bis.*)

Si l'on en croit la satire ,

Lise a voyagé beaucoup ;

Elle a tout vu pour s'instruire ,

Enfin , elle a vù le loup.

Quand , par hasard , la chronique

L'interroge sur ses pas ,

Sans rougir , elle réplique :

Les loups ne se mangent pas.   *(Bis.)*

Rarement les auteurs glissent

Sur les défauts d'un auteur.

Que de femmes se trahissent

Dans mainte affaire de cœur !

Entre eux les frères se vendent.

Par des baisers de Judas :

Toujours les fripons s'entendent:

Les loups ne se mangent pas.   *(Bis.)*

Prenez la vertu pour guide ;

De vous les autres riront ;

Soyez un agneau timide ,

Et les loups vous mangeront.

Quel est donc l'avis à suivre
Pour se tirer d'embarras ?
Avec les loups il faut vivre ;
Les loups ne se mangent pas.   (*Bis.*)

———————

~~~~~~~~~~~~~~~~~~~~~~~~

LE BONNET,

VAUDEVILLE.

Air : du Remouleur et de la Meûnière.

A quoi bon se casser la tête
Pour trouver des sujets divers ?
Faut-il, quand on se croit poëte,
Mettre son *bonnet* de travers,
Pour faire une chanson de table,
Au lieu d'aller comme un benêt,
Fouiller dans l'Histoire, ou la Fable,
J'en prends une sous mon *bonnet*.

En dépit d'un décors magique,
Du jeu des acteurs et du bruit ,
On sait qu'un drame pathétique
Est gai.... comme un *bonnet* de nuit;
(Ceci soit dit sans épigramme)
Car, un plaisant qui s'y connaît,
Dit qu'un *bonnet* de nuit, un drame,
C'est *bonnet* blanc et blanc *bonnet*.

Chez lui, Paul, en maître s'érige ;
Et sous le nom de l'amitié,
A grands coups de *bonnet* corrige
Sa fidèle et douce moitié :
Hier, il lui cassa l'épaule ;
Tout le quartier s'en étonnait ;
Mais on assure que le drôle
Met des pierres dans son *bonnet*.

Le pouvoir des métamorphoses
D'un écolier fait un rhéteur,
Et l'on peut risquer bien des choses
Avec le *bonnet* de docteur;
Mais dans certaines circonstances
Plus d'un homme de cabinet,
Qui d'un docteur prend les licences,
De Midas n'a que le *bonnet*.

Le plaisir et son joli code,
D'Elise ont troublé le cerveau ;
Elle a cent *bonnets* à la mode,
Et toujours un amant nouveau :

Ses goûts et son train effroyable
A son mari prouvent tout net
Que l'Amour, sa femme et le Diable
Sont trois têtes dans un *bonnet*.

« Avec lé docteur Gall , jé gage ,
Disait Fronsac , jadis guerrier ,
« Qué j'ia l'organé du courage
« Sous lé *bonnet* dé grénadier ;
« J'ai la répliqué toujours prête ;
« Et si quelqué fat mé bernait ,
« Quand j'ai mon *bonnet* sur la tête
« J'ai la têté près du *bonnet*. »

Lorsque pour troubler mon délire
Celui qui compte nos instans ,
La faulx en main, viendra me dire :
« Tiens bien ton *bonnet*, il est temps. »
C'est juste , dirai-je , bon homme ;
Puisque dans l'autre monde on est
Certain de dormir un long somme ,
Je vais y porter mon *bonnet*.

~~~~~~~~~~~~~~~~~~~~~~~~~~~~~~~~~~

A MADEMOISELLE A. B***,

SUR LA MORT DE SON OISEAU.

Il faut qu'ici bas tout périsse ;
C'est pour cela que nous naissons.
De cet arrêt en vain nous gémissons ;
La mort souvent, dans son caprice,
Choisit ceux que nous chérissons ;
Mais lorsque, pendant notre vie,
Nous avons eu quelque bonheur ;
Quand nous avons goûté la douceur infinie
D'aimer et de toucher un cœur,
Si du regret de quitter la lumière
Ce bien ne dédommage pas,
Du moins comme faveur dernière,
Son souvenir adoucit le trépas.
Ainsi votre douleur sincère
De l'objet qui vous plut rend le sort moins affreux.
Sans doute il est cruel de périr sous vos yeux :
Mais n'est-ce rien que d'avoir su vous plaire ?

13

~~~~~~

ELLE ET VOUS.

Air : C'est à mon maître en l'art de plaire.

CELLE que j'aime est très-jolie,
Et vous avez beaucoup d'appas.
Elle a peu de coquetterie,
De la vôtre on ne parle pas.
A l'amitié toujours fidelle,
Elle partage tous vos goûts,
Et tout le bien que l'on sait d'elle,
Je l'ai toujours pensé de vous.

On vante sa taille élégante,
On aime tout ce qu'elle dit,
Et je sais que partout on vante
Votre tournure et votre esprit.
Ma muse interprète fidelle
De mes sentimens les plus doux
En écrivant ces vers pour elle,
Semblait n'écrire que pourvous.

De toutes parts on rend justice
A son esprit, à ses attraits,
Et je n'ai tracé qu'une esquisse
Du plus aimable des portraits.
Si vous trouvez que mon modèle
Excite vos transports jaloux,
Songez que pour vivre sans elle
Il faut me séparer de vous.

———

~~~~~~~~~~~~~~~~~~~~~~~~~~~~~~~

IL NE FAUT PAS DIRE:

FONTAINE, JE NE BOIRAI PAS DE TON EAU.

Air : Aux soins que je prends de ma gloire :
Ou, du ballet des Pierrots.

OR, voici comment je raisonne :
Quand on veut vivre toujours bien,
On ne doit mépriser personne,
Et surtout ne jurer de rien :
Soit que l'on dîne chez Balaine,
Ou qu'on boive chez Ramponneau,
Il ne faut pas dire : *Fontaine* ,
Je ne boirai pas de ton eau.

Il est bien temps, disait Grégoire,
Que je songe à me réformer :
Mon docteur me défend de boire,
Mon âge me défend d'aimer :
Et tous les jours, ce vieux Silène
Chante, en buvant, près d'Isabeau :
Il ne faut pas dire : *Fontaine* ,
Je ne boirai pas de ton eau.

Trop sensible, ou trop indiscrète,
Corine a trouvé son vainqueur,
Et depuis ce temps, la pauvrette
Se plaint toujours des maux de cœur.
Coquette qui rit de sa peine
Pourra donner dans le panneau ;
Il ne faut pas dire : *Fontaine,*
Je ne boirai pas de ton eau.

Pour être mis dans les affiches,
Baliveau se tourmente fort ;
Mais on voit à ses hémistiches
Que pour lui le proverbe a tort.
A la Fontaine d'Hippocrène,
Il vole comme un étourneau ;
Il peut bien dire : hélas ! *Fontaine,*
Je ne boirai plus de ton eau !

Sans faire ici le bon apôtre,
Je suis fidelle à mon refrain,
Et je jure, tout comme un autre,
De mettre de l'eau dans mon vin.

Je voudrais qu'à Beaune, à Surène,

On gravât sur chaque tonneau :

Il ne faut pas dire : *Fontaine*,

Je ne boirai pas de ton eau.

COUPLETS A Melle. M***.

Air : Avec vous sous le même toit.

D'UN sentiment délicieux
J'ai toujours eu l'âme remplie ,
Depuis le jour où , dans vos yeux ,
J'ai lu le destin de ma vie.
De courage j'ai beau m'armer ,
Tour à tour je tremble , j'espère ;
Et le besoin de vous aimer
Double la peur de vous déplaire.

Vous voir à chaque instant du jour ,
Est le seul bien qui m'intéresse ;
Avec transport , au Dieu d'amour ,
Mon cœur vous demande sans cesse ;
Mais de ce Dieu je suis jaloux ,
Car je brûle d'amour extrême ,
Et j'ose m'adresser à vous ,
Pour vous obtenir de vous-même.

De mes craintes, de mon espoir
Je n'ai pu vous faire un mystère :
Sans vous aimer puis-je vous voir ?
Puis-je vous aimer et me taire ?
Si je vous parais indiscret,
Ne me jugez pas comme un autre :
L'amour vous devait mon secret ;
Puisse-t-il m'apprendre le vôtre !

~~~~~~~~~~~~~~~~~~~~~~~~

AFFICHE.

LE DIRECTEUR DE LA TROUPE DES CHIENS SAVANS, AU PUBLIC.

Air : Chaque nuit mon âme abusée.

ENTREZ, Messieurs; prenez vos places;
Le spectacle va commencer :
Du plaisir vous cherchez les traces, —
Et chez moi, j'ai su le fixer.
Le suffrage des gens honnêtes
A mon amour-propre suffit :
Pour s'amuser avec des bêtes,
Il ne faut pas beaucoup d'esprit.

Mon spectacle aura de la vogue,
Car j'encourage le talent :
Pour amoureux, j'ai pris un dogue,
Un caniche pour confident ;

La meilleure de mes actrices,
Qui joue un rôle tout nouveau,
De Paris, faisait les délices
Au fameux combat du Taureau.

J'ai choisi, parmi cent artistes,
Pour mes financiers des bassets;
S'ils ne sont pas de grands puristes,
Ils écorchent peu le français.
Je viens surtout de faire emplette
D'une soubrette de bon ton :
Vous verrez ma grande coquette
Que je dresse à coups de bâton.

Pour que les guerriers de ma troupe
Ne se trouvent pas en défaut,
Derrière un fort je mets leur soupe,
Et soudain j'ordonne l'assaut;
Ma voix les excite au pillage.....
Il ne faut pas de grands discours
A des chiens remplis de courage,
Qui sont à jeun depuis deux jours.

Mes acteurs ont le grand mérite
De jouer sans jamais trembler,
Et même (à moins de mort subite)
Aucun d'eux ne se fait doubler ;
Et comme je crains que la gloire
N'enflamme pas assez leur cœur,
J'ai mis , pour aider leur mémoire ,
Un fouet dans la main du souffleur.

En débutant dans la carrière ,
Quand il n'est pas un maladroit ,
Chaque sujet a part entière ;
Je ne fais aucun passe-droit :
Chez moi , personne ne doit craindre
Que je le prive de manger ;
Car si quelqu'un vient à se plaindre ,
Je lui donne un os à ronger.

Jamais de rhume, de paresse,
Jamais de cabales d'acteur ;
Avec zèle chacun s'empresse
D'obéir à son directeur ;

Enfin tout le monde travaille
A mes intérêts les plus chers ;
Et quoiqu'ils couchent sur la paille,
Mes artistes ne sont pas fiers.

Je n'annonce point de miracle ;
Je donne ce que j'ai promis ,
Et si vous goûtez mon spectacle
Faites-en part à vos amis.
Ce n'est pas qu'ici je condamne
Les acteurs défunts ou vivans ;
Mais excepté Phèdre et Peau-d'Ane ,
Rien n'égale mes chiens savans.

ARIANE,

CANTATE (*).

L'AFFREUX destin qui me poursuit
Sera-t-il toujours inflexible !
Hé ! quoi, de mon cœur trop sensible
Ne pourrai-je bannir le cruel qui me fuit ?
Ah ! j'ai bien mérité la céleste colère ;
J'ai délaissé, pour lui, ma patrie et mon père.

Les honneurs qui m'étaient offerts
Ne pouvaient rien sur mon âme abusée ;
J'aimais mieux régner sur Thésée
Que de régner sur l'Univers.

(*) Cette cantate a été mise en musique par M. de Mo-
mignez , marchand de musique , et se trouve chez lui, bou-
levart Montmartre.

Il me jurait une ardeur éternelle,
    Je croyais à tous ses sermens :
    Mais le plus chéri des amans,
    Hélas! est le plus infidelle.

    Cédant au transport qui me guide,
    Je saurai me venger de toi,
    Et j'oublirai l'amant perfide
    Qui ne veut plus songer à moi.

    Mais je serais bien plus à plaindre,
    Si mon cœur venait à changer.
    Tu m'aimes trop peu pour le craindre ;
    Je t'aime trop pour me venger.

Mais, qu'ai-je dit ? Tu te ris de ma peine :
Hé bien! je vais t'oublier à mon tour.
Et dans mon cœur, une implacable haine,
Va remplacer le plus ardent amour.
Non, ce n'est point en vain que la triste Ariane
    Aura vu mépriser ses feux ;
Déjà ton cœur en secret te condamne
    Au supplice le plus affreux.

L'objet de ta nouvelle flâme

Doit un jour manquer à sa foi ,

Et tous les maux qui déchirent mon âme ,

Retomberont et sur elle et sur toi.

Époux trahi , malheureux père ,

Un jour l'inceste et l'adultère

Viendront briser des nœuds qu'alors tu maudiras.

De tes fatales destinées ,

Perfide , en vain tu te plaindras.

Il est un dieu pour les infortunées ;

Il n'en est pas pour les ingrats.

———————

L'EAU.

Air : Tenez , moi , je suis un bon homme :
Ou : Vingt autres à volonté.

N'ALLEZ pas prendre ici la mouche,
Si l'*eau* m'a servi de refrain ;
L'*eau* m'étant venue à la bouche ,
J'ai mis un peu d'*eau* dans mon vin.
Bacchus a bien droit de me plaire ;
Mais il m'a paru tout nouveau
De vous ôter le nez du verre
Pour vous tenir le bec dans l'*eau*.

L'*eau* va toujours à la rivière ;
Hé bien ! il faut s'en consoler ;
On reste souvent en arrière
Quand on regarde l'*eau* couler :
Pour éviter bien des disgrâces ,
Et mener au port son bateau ,
Surtout lorsque les *eaux* sont basses ,
Il faut suivre le fil de l'*eau*.

Quand par malheur on se fourvoie,
Se jeter à l'*eau*, c'est bien fou;
Mais on doit, quand quelqu'un se noie,
Se mettre dans l'*eau* jusqu'au cou.
Les sages, pendant la tourmente,
Fléchissent comme des roseaux :
De peur de troubler l'*eau* dormante
Nagez toujours entre deux *eaux*.

Pendant qu'un voisin, sans rien faire,
Voit l'*eau* venir à son moulin,
L'autre ne fait que de l'*eau* claire,
Et qui tourne en *eau* de boudin.
Pour augmenter son train du double
Dorlis perd son dernier rouleau;
Mais depuis qu'il pêche en *eau* trouble,
On le voit revenir sur l'*eau*.

Mondor, épris d'une poupée,
Auprès d'elle va chaque jour,
Donner dans l'*eau* cent coups d'épée,
Pour de l'*eau* bénite de cour :

14

Comme l'*eau*, pendant le déluge ,
Chez la belle il pleut maint joyau ,
Et Mondor est , quand on le gruge ,
Heureux comme un poisson dans l'*eau*.

Puisque le temps toujours avance ,
Nous verrons , je vous en réponds ,
En attendant l'*eau* de Jouvence
Passer bien de l'*eau* sous les ponts :
Buvons, et que cette épitaphe
Serve aux convives du Caveau :
*S'ils chantaient l'*eau *de la carafe ,*
*Leurs gosiers ne prenaient pas l'*eau*.

~~~~~~~~~~~~~~~~~~~~~~~~~~~~~~

MA PENSÉE.

Air : Bouton de rose.

De ma pensée,
Faisant un examen profond,
Ma muse, assez mal exercée,
Va vous montrer à nu le fond
De ma pensée.

Dans ma pensée,
Qui me présage l'avenir,
Votre image est si bien fixée
Que rien ne pourra vous bannir
De ma pensée.

Dans ma pensée,
Si je forme un désir constant,
Qui charme mon âme oppressée,
C'est d'occuper un seul instant
Votre pensée.

~~~~~~~~~~~~~~~~~~~~~~~~~~~~~~~

LE TONNERRE.

COUPLETS CHANTÉS, PENDANT L'ORAGE

EN BUVANT DU VIN DE TONNERRE.

Air : Prenons d'abord l'air bien méchant.

VOYEZ-VOUS ce Ciel tout en feu,
De toute parts la foudre gronde :
Amis , nous allons voir beau jeu ;
C'est peut-être la fin du monde.
Versez vîte , je suis pressé ;
De ce jus , remplissez mon verre.
Lorsque le *tonnerre* est versé ,
Je n'ai jamais peur du *tonnerre*.

Quel nectar ! je suis enivré :
Eh ! quoi ! l'orage continue ;
Contre nous , est-il conjuré ?
Je viens de voir s'ouvrir la nue.

Le *tonnerre* est bien imprudent ;
Il peut renverser notre verre.
Buvons toujours en attendant,
Cela fait passer le *tonnerre.*

Le calme renaît dans les Cieux :
Le soleil dissipe l'orage,
Et c'est maintenant dans nos yeux
Qu'on voit errer quelque nuage.
Ne soyons pas pris en défaut,
Et tenons ferme notre verre ;
Pour l'honneur du *tonnerre*, il faut
Finir par un coup de *tonnerre.*

———————

~~~~~~~~~~~~~~~~~~~~~~~~~~~~~~~~~~~~

ALEXANDRE LE GRAND.

AIR : Mon père était pot.

JE vais chanter un impromptu
  Que sans aucunes peines ,
A rimer je suis parvenu
  En moins de six semaines ;
    Jusqu'au dernier ton
    Mon fier Apollon,
  Ne voulant pas descendre ,
    J'ai fait à grands frais
    De petits couplets
  Sur le grand Alexandre.

Il reçut d'un fameux savant ,
  Des leçons de logique ;
Aussi fut-il beaucoup plus grand
  Au moral qu'au physique :
    S'il argumentait ,
    On dit qu'il était

Aussi vif que la foudre ;
    Il fut plein d'esprit ,
    Mais il n'est pas dit
Qu'il inventa la poudre.

Ce tapageur ne connaissait
    D'autre état que la guerre ;
C'est pour cela qu'il s'amusait
    A ravager la terre ;
        Dès qu'il le voyait,
        L'ennemi fuyait
Devant ce diable à quatre.
    Rien n'est plus vrai , mais
    C'est qu'il n'eut jamais
De Français à combattre.

Pour Clitus et Parménion ,
    Il fut plein de tendresse ;
Il chérissait Ephestion
    Autant qu'une maîtresse.
        Mais un jour il but
        Tant , que Clitus fut

Forcé de le reprendre :

Il le poignarda ;

Je conclus de là

Qu'il n'eut pas le vin tendre.

Un jour , à dîner , il buvait

Dans la coupe d'Hercule ;

Il voulut la vider d'un trait ,

C'était bien ridicule.

Le dieu s'en fâcha ,

Et puis s'en vengea

D'une telle manière ,

Qu'il vit pour toujours

La fin de ses jours

Avant la fin du verre.

On prétend qu'alors il était

A la fleur de son âge.

Pour un garçon qui promettait ,

Vraiment c'est grand dommage !

Mais ce forcené ,

Se trouvant gêné

Sur la machine ronde ;

 Ne devait-il pas

 Aller à grands pas

Chercher un autre monde ?

Ce vaudeville nous apprend

 Par quels moyens et comme

Alexandre le conquérant

 Devint un si grand homme :

  Il fut sans égal,

  Mais combien de mal

Il fit en Macédoine ;

  Sans doute les Dieux

  Auraient fait bien mieux

De n'en faire qu'un moine.

~~~~~~~~~~~~~~~~~~~~~~~~~~~~~~~~~~~

ON NE PERD RIEN POUR ATTENDRE.

Sur plusieurs airs connus , et principalement sur celui :
J'étais bon chasseur autrefois.

Pour bien commencer un dîner ,
Si le bourgogne est d'étiquette ,
Il ne faut pas , pour terminer ,
S'attendre à boire la piquette ;
Mais , dans la meilleure maison ,
N'allez pas vous y laisser prendre ;
D'attendre on a toujours raison . . .
Quand on ne perd rien pour attendre.

Dans le grand monde répandu ,
Las ! du faste qui l'accompagne ,
Après avoir bien attendu ,
Célicourt cherche une compagne ;
Il veut être époux , car il voit
Que tôt ou tard on doit se rendre :
Puisqu'il faut qu'un jour il le soit ,
Il ne perdra rien pour attendre.

L'autre jour, malgré la chaleur,

J'étais à la pièce nouvelle ;

Je m'intéressais à l'auteur,

Et je voulais prouver mon zèle.

Malgré mon amitié pour lui,

Les premiers vers m'ont fait comprendre

Qu'il fallait m'attendre à l'ennui ;

Je n'ai rien perdu pour attendre.

Figeac me dit : « Dépuis long-temps

« A mé vexer on s'habitue :

« Arrangez-vous, jé vous attends,

« Il faut, mon cher, qué jé vous tue.

« Mais, jé vous rémets cetté fois,

« Car jé né sais auquel entendre ;

« Jé vous tûrai dans dix-huit mois,

« Vous né perdrez rien pour attendre ».

Si l'amitié de nos repas

Nous fait un plaisir délectable,

Mes amis, ne nous pressons pas,

Nous n'avons pas loué la table :

Et si là-bas on nous attend ,

Le plus tard tâchons d'y descendre ;

Attendons la Parque en chantant ,

Nous ne perdrons rien pour attendre.

~~~~~~~~~~~~~~~~~~~~~~~~~~~~~~~~~~

A UNE DAME

QUI ME DEMANDAIT SON PORTRAIT.

Air de la Romance de Bélisaire. (de Garat.)

Vous désirez votre portrait ;
Eh ! bien , il faut vous satisfaire ;
Mais je vous le dis à regret ,
Comment parvenir à le faire ?
Comment mon trop faible pinceau
Pourra-t-il le rendre fidèle ?
Ah ! je crains bien que le tableau
Ne soit au-dessous du modèle.

Parmi les hommes du métier ,
Vous m'avez distingué peut-être ,
Mais je ne suis qu'un écolier
Incapable d'un coup de maître.
Ainsi , je vous peindrai fort mal ;
Car je vous trouve si jolie ,
Qu'en regardant l'original
Je négligerai la copie.

Mais à quoi bon , de vos attraits ,
Peindre une image passagère ,
Et de l'empreinte de vos traits ,
Couvrir une toile légère ?
Partout, de ces traits enchanteurs ,
On voit de fidelles images :
Ils sont gravés dans tous les cœurs
Et sur tous les jolis visages.

~~~~~~~~~~~~~~~~~~~~~~~~~~~~~~~~~~~

SUR L'HIVER.

Air du Vaudeville d'Arlequin Musard.

LA saison la plus rigoureuse
Règne en nos climats attristés ,
Et dans leur course impétueuse ,
Bien des fleuves sont arrêtés.
Partout les glaces s'amoncèlent ,
Et l'on voit, d'un œil désolé ,
Que de tous les fleuves qui gèlent ,
Le Pactole est le plus gelé.

Le plus ardent amour dévore
Le pauvre et sensible Damon ;
Mais de la beauté qu'il adore ,
Le cœur se sent de la saison.
Un financier a pris la place
De ce pauvre amant désolé ,
Et ce cœur, qui semblait de glace ,
Pour un peu d'or s'est dégelé.

Soleil, par ta vive influence,
Tu vas ranimer nos climas,
Et la chaleur et l'abondance,
Vont succéder aux noirs frimats :
Mais ces feux que tu nous apprêtes,
Tu feras bien de les doubler,
Car nous avons bien des poëtes
Et bien des cœurs à dégeler !

LES GASCONADES.

CONTE.

Un mince perruquier, des bords de la Garonne,
D'humeur assez joviale, et partant très-gasconne,
Faisant très-maigre chère, et n'ayant pour tous biens
Que très-peu de crédit, et trois fils, grands vauriens,
Pour se débarrasser un peu de la misère,
Et de ces bons sujets qui ne voulaient rien faire,
Assemble un beau matin le trio paresseux.
« Mes amis, leur dit-il, je me fais déjà vieux,
« Et sans rien amasser j'ai pris bien de la peine :
« Cependant la fortune, aujourd'hui plus humaine,
« M'a fait dans mon jardin découvrir un trésor ;
« Ce sac, que vous voyez, est plein de pièces d'or.
« Vous allez donc savoir l'emploi que j'en veux faire ;
« Mon projet, j'en suis sûr, ne pourra que vous plaire.
« Comme j'ai de quoi vivre en faisant mon métier,
« Je donne, à l'un de vous, le trésor tout entier :
« Et pour en disposer, sans faire d'injustice,
« Je vais faire une loi qu'il faudra qu'on remplisse.

« Le sac est à celui qui, dans moins de trois ans,
« Aura, dans son état, montré plus de talens. »
Ce discours fit effet, au point que la séquelle
Abandonne à l'instant la maison paternelle.
Et voilà chacun d'eux, comme un nouveau Jason,
Qui, loin de ses foyers, va chercher la toison.
Avec un peu de goût pour l'état de son père,
L'aîné, trouve aisément quelques barbes à faire.
Le cadet, plus hardi, mais de ces garnemens
Qui, pour un démenti, vous égorgent les gens,
Parmi quelques vauriens, acquérant de l'estime,
Se fait bientôt passer pour un maître d'escrime,
Et le plus jeune, enfin, connaissant le cheval,
Devient, dans un village, apprenti maréchal.
De beaucoup de détails je vais vous tenir quitte,
Et je passe trois ans, pour arriver plus vîte.
Au terme convenu, voilà mes trois héros
Qui reprennent gaîment la route de Bordeaux.
Chacun d'eux, en chemin, est sûr que ses prouesses
Vont le rendre lui seul possesseur des espèces ;
Même, à peine sont-ils arrivés tous les trois,
C'est à qui contera le premier ses exploits.

«Je dois, dit le barbier, user du droit d'aînesse,

« Je vais donc commencer : Graces à mon adresse ,

« A la ville, au village, au moins depuis deux ans ,

« J'ai fait , dans mon état , la barbe à tous les gens.

«On prétend que toujours il faut qu'un barbier mente;

« Moi , je conte beaucoup et jamais je n'invente.

« Pour le rasoir surtout, je suis des plus adroits ;

« Car, je fais aisément deux barbes à la fois. »

« Pour moi, dit le cadet, sans offenser mon frère ,

« De mes rares talens, les siens n'approchent guère.

« A l'épée , au fleuret, j'ai touché les plus forts ,

« Et mérité le nom de redresseur de torts.

« Quand un inconséquent ou me raille ou me fronde,

« Je l'envoie à l'instant , railler en l'autre monde.

« Mais, vaincre des mortels, c'est un faible talent ;

« J'ai fait plus, j'ai dompté le liquide élément :

« Car, j'ai des moyens sûrs pour éviter la pluie ,

« Et qui vous paraîtront d'une adresse inouïe.

« Quand j'ai le corps penché, le nez toujours au vent,

« La pointe bien en l'air, et la garde en avant ,

« Le déluge viendrait pour me surprendre en route,

« Je suis sûr de parer jusqu'à la moindre goutte. »

« Si je n'ai pas long-temps à vous parler de moi,

« Dit le troisième, au moins, je suis de bonne foi:

« Chacun d'eux, j'en conviens, est vraiment très-habile

« Mais ce que je sais faire est bien plus difficile.

« Vous aller en juger : apprenez en un mot

« Que je ferre un cheval qui court au grand galop.

« Ma foi, reprit le père, attendri jusqu'aux larmes,

« Pendant votre récit j'ai goûté bien des charmes.

« Vous n'avez pas sans doute exagéré les faits;

« Car dans notre famille on ne mentit jamais.

« Votre adresse, mes fils, est vraiment peu commune,

« Et vous ferez bientôt une grande fortune.

« Tout ce que vous savez vaut bien mieux qu'un trésor

« Pour moi, qui ne sais rien, je vais garder mon or ».

~~~~~~~~~~~~~~~~~~~~~~~~~~~~~~~~

CANTIQUE.

L'AMITIÉ, LES ARTS ET LES DAMES,

DEVISE DE LA LOGE D'ANACRÉON.

Air de la romance de Bélisaire.

Du galant vieillard de Théos,
Disciples discrets et fidelles,
Joignez au myrte de Paphos,
Une couronne d'immortelles :
Que par son charme tout-puissant
Apollon échauffe vos âmes ;
On n'est heureux qu'en chérissant
L'Amitié, les Arts et les Dames.

Fidelle au culte du plaisir,
Sans la chercher, trouvant la gloire,
Anacréon sut obtenir
L'entrée au temple de mémoire :

Mortels qui voulez éprouver
Du plaisir les célestes flammes ,
Comme lui sachez cultiver
L'Amitié , les Arts et les Dames.

O vous ! qui , sur le mont sacré,
Occupez les premières places ,
Dont le nom , par nous révéré ,
Est cher aux Muses comme aux Grâces :
Quand vous composiez vos écrits ,
Quels Dieux électrisaient vos âmes ?
Qui leur a donné tant de prix ?
L'Amitié , les Arts et les Dames.

Enivrés de gloire et d'amour ,
Les enfans chéris de Bellonne ,
Dans leurs foyers à leur retour
Vont ceindre la triple couronne :
Si quelque peine peut troubler
La paix qui convient à leurs âmes ,
Qu'ils trouvent , pour s'en consoler ,
L'Amitié , les Arts et les Dames.

Et nous , amis , soyons toujours
Fidelles à notre devise;
Que l'*Amitié* sur tous nos jours ,
Répande sa douceur exquise :
Fuyons mille plaisirs trompeurs ,
Et gravons au fond de nos âmes
Ce refrain cher aux tendres cœurs :
L'Amitié , les Arts et les Dames.

A MADEMOISELLE M***,

QUI AVAIT GUÉRI UN OISEAU BLESSÉ A LA CHASSE.

Blessé par un plomb homicide,
Un oiseau terminait son sort ;
Mais vers lui la pitié vous guide
Et vous l'arrachez à la mort :
Secondant l'ardeur qui vous presse,
Du destin votre art est vainqueur ;
Il doit la vie à votre adresse,
Et surtout à votre bon cœur.

Que son sort est digne d'envie !
Combien il fera de jaloux !
Vous lui conservez une vie
Qu'il va passer auprès de vous :
A vous voir comme une autre mère,
Sans peine il va s'accoutumer ;
Puisqu'une fois il sut vous plaire,
Il saura toujours vous aimer.

Si , pour une âme généreuse ,
La bienfaisance est un plaisir ,
Vous devez être bienheureuse
D'avoir tout fait pour le guérir :
D'après cela , j'ose conclure
Que le ciel n'a pas , sans dessein ,
Choisi pour cette aimable cure
Le plus aimable médecin.

Ah ! si le bonheur de renaître ,
Par le sort m'était réservé ,
Auprès de vous je voudrais être
Celui que vous avez sauvé :
Toujours aimant, jamais volage,
Combien je serais enchanté
D'offrir, pour son doux esclavage ,
Et mon cœur et ma liberté !

———————

16

~~~~~~~~~~~~~~~~~~~~~~~~~~

MA PETITE REVUE (*).

AIR : J'ai vu partout dans mes voyages.

On a beau vanter la campagne ,
Et la chanter sur tous les tons ;
S'il est un pays de Cocagne ,
C'est celui que nous habitons :
Sans calculer on y dispose
De ses instans et de son bien ;
Le temps n'y coûte pas grand'chose ,
Et les écus n'y coûtent rien.

D'un bout à l'autre de la ville
On court avec avidité ,
Aux opéra du Vaudeville ,
Aux drames noirs de la Gaîté :

_____

(*) Pour faire suite aux Miracles du jour.

Remplis d'un tragique délire ,
De jeunes docteurs sans bonnet ,
Se font étouffer pour Zaïre ,
Ou vont se pâmer chez Brunet.

Là , c'est un instrument qui lutte
Contre tous ceux de l'Opéra ,
Pendant qu'un docteur se dispute
Sur les dents ou le quinquina ;
Ou bien on trouve un homme habile
Qui , pour promener son ennui ,
S'est fait une maison mobile ,
Qu'il ramène le soir chez lui.

Ici , l'on voit des quadrupèdes
Dont l'intelligence et le port
Font le succès des intermèdes ,
Et qui dansent comme Duport ;
Et dans sa voiture légère ,
Un argonaute sans pareil ,
S'enlève avec un réverbère
Pour voir le lever du soleil.

Le jeu , que l'on dit tant à craindre ,
Sert à passer les nuits d'hiver ;
On a toujours droit de s'en plaindre ,
Mais l'on revient au tapis vert :
Afin d'y revenir encore ,
Chacun , cédant à son penchant ,
Se couche au lever de l'aurore ,
Et se lève au soleil couchant.

Les grisettes , les petits-maîtres ,
Bravant les chaleurs de l'été ,
Vont à de jolis bals champêtres
Au beau milieu de la cité :
Là , pendant la soirée entière ,
Tous les émules de Zéphir ,
A travers des flots de poussière ,
Savent rencontrer le plaisir.

Là , comme ailleurs , le cœur s'engage
Et se dégage sans effort ;
Le lendemain du mariage ,
Les époux vivent bien d'accord.

Et , n'en déplaise à la critique ,

Les jeunes gens, au bal , formés,

Savent l'algèbre , la musique ,

Et font très-bien des bouts-rimés.

En un mot , cette ville immense

Est l'Univers en raccourci ;

Pourvu qu'on soit dans l'opulence ,

On y vit sans aucun souci ;

Enfin, d'après les épigrammes ,

Paris , dans ce sciècle de fer ,

Est un paradis pour les femmes ,

Et pour les maris un enfer.

MON SIGNALEMENT.

Air : Tenez, moi, je suis un bon homme.

MON origine est peu suspecte,
Et j'ai mille témoins pour un,
Qui prouvent qu'en ligne directe
Je descends du Père commun.
D'après cela, vous voyez comme
Ma noblesse vient de bien haut;
Car, sans doute, le premier homme
Était un homme comme il faut.

Je ris du docteur qui s'affiche,
Je ris des messieurs du bel air;
Je ne suis ni savant, ni riche,
Et pourtant je ne suis pas fier.
Trop de prétention m'assomme,
Et je pense comme un badaud,
Qu'il suffit d'être un honnête homme,
Pour être un homme comme il faut.

On me trouve assez bon apôtre ,
Et je l'avoue avec orgueil ;
Je ne suis pas mieux fait qu'un autre ,
Mais j'ai toujours bon pied, bon œil.
Qu'importe, comment on me nomme ,
Mon nom ne peut être un défaut ;
J'ai tout ce qu'il faut pour être homme ;
Je suis un homme comme il faut.

STANCES.

Au premier âge de la vie,
Par le tourbillon emporté,
Sous le masque de la folie
Je me peignais la volupté.
Chaque jour de nouveaux prestiges,
Abusaient mon cœur et mes yeux.
Las ! je ne crois plus aux prodiges,
Et je n'en suis pas plus heureux.

Qui me rendra ces jours d'ivresse,
Où, brûlant d'espoir et d'amour,
Aux pieds d'une jeune maîtresse
J'implorais un tendre retour ?
Cette illusion passagère
Vainement revient me charmer ;
Dois-je, sans les moyens de plaire,
Conserver le besoin d'aimer ?

Pour vaincre un amoureux délire
Et donner un lustre à mon nom,
Je voulus, accordant ma lyre,
Suivre les enfans d'Apollon.
Sur la scène où j'osai paraître
Trop souvent mon cœur a gémi,
Et les succès m'ont fait connaître
Mille jaloux pour un ami.

Croyant enfin qu'une âme aimante
Suffisait pour un tendre hymen,
J'osai, d'une femme charmante,
Demander le cœur et la main ;
Mais une voix qui m'importune,
Froidement me répète encor :
Un cœur n'est pas une fortune,
Pour être époux, il faut de l'or.

Ainsi bercé par des chimères,
J'ai vu s'éclipser mes instants,
Et comme des ombres légères
Disparaître bien des printemps.

17

Dans la vie , à grands pas j'avance ,
Fatigué par de vains désirs ,
Et pour remplacer l'espérance ,
Je n'ai plus que des souvenirs.

~~~~~~~~~~~~~~~~~~~~~~~~~~~~~~~~~~~~

LE PONT NEUF.

Air : Servantes, quittez vos paniers.

Ce fut vers l'an seize cent neuf,
  Moins une cinquantaine,
Que l'on construisit le Pont-Neuf,
  Si l'histoire est certaine.
Plus que son nom, son âge est mûr;
Mais il est solide, à coup sûr,
Quoiqu'il se trouve bâti sur
  Les brouillards de la Seine.

Là, jamais on n'est garanti
  Du vent ni du tapage ;
Par le soleil on est rôti,
  Ou trempé par l'orage ;
Par la foule on est étouffé,
Par le vent on est décoiffé ;
Puis, au filou l'homme étoffé
  Paie un droit de passage.

17 *

En s'y promenant, l'amateur
  Admire la structure
De ces palais qui sont l'honneur
  De notre architecture ;
Mais sur les baigneurs, par hasard,
Les femmes jetant un regard,
Préfèrent aux beautés de l'art,
  Celles de la nature.

Naguère, hélas ! on y trouvait
  Un monument de gloire,
Que la reconnaissance avait
  Dressé pour la victoire.
Jaloux d'un héros de métal,
Vainement un peuple brutal
Crut, brisant un homme à cheval,
  Effacer sa mémoire.

A la place du bon Henri,
  Qui domine la Seine ;
On trouve un jardin bien fleuri,
  Où l'on reprend haleine ;

Là, sous un joli pavillon,

On prend café, glaces, bouillon

Au bruit du fameux carillon,

   De la Samaritaine.

———————

~~~~~~~~~~~~~~~~~~~~~~~~~~~~~

ON N'EST PAS PENDU POUR ÇA.

Air : Dans la paix et l'innocence.

Quoiqu'on n'ait pas dans sa poche
De la corde de pendu,
On peut faire, sans reproche,
Ce qui n'est pas défendu.
Des Dieux la miséricorde,
Jamais ne nous délaissa.
Eût-on mérité la corde,
On n'est pas pendu pour ça.

On siffle un nouvel ouvrage,
L'auteur ne se croit pas mort;
Il a même le courage
De braver toujours le sort.
Une critique bien faite,
Hier, en vain, le tança;
L'amour-propre lui répète :
On n'est pas pendu pour ça.

On peut, près d'une cruelle,
Filer le parfait amour,
Être dupe d'une belle
Et la duper à son tour.
Maint époux en vain se damne,
Pour un trait qui le blessa.
Qu'importe une bosse au crâne ?
On n'est pas pendu pour ça.

On peut, avec des roulades,
Endormir son auditeur ;
On peut tuer ses malades,
Et passer pour un docteur.
Avec la sotte manie
Du fameux Sancho Pença,
On peut se croire un génie :
On n'est pas pendu pour ça.

On peut faire un gros volume
Sans être un grand écrivain ;
On peut user de sa plume
Sans médire du prochain.

En entrant dans la carrière,
Si parfois on commença
Par ressembler à Molière,
On n'est pas pendu pour ça.

Quand la table est bien servie,
On peut s'asseoir le premier ;
Y bien employer sa vie
Et se lever le dernier.
Si, pour boire à perdre haleine,
Par malheur on se versa
Du Bordeaux pour du Surène,
On n'est pas pendu pour ça.

Enfin, lorsqu'un fou s'occupe
A perdre son dernier sou :
N'imitons pas cette dupe
Qui se met la corde au cou.
Mais si, par de plats libelles,
Un méchant nous offensa,
Pendons nous au cou des belles,
On n'est pas pendu pour ça.

~~~~~~~~~~~~~~~~~~~~~~~~~~~.

COUPLETS

À UNE JEUNE FILLE QUI SE PLAIGNAIT DE SON
IGNORANCE.

Air : Gusman ne connait plus d'obstacles.

Pourquoi vouloir suivre les traces
Des graves enfans d'Apollon ?
Une place à côté des Grâces
Vous sied mieux qu'au sacré vallon :
Trop de franchise vous abuse
Quand vous croyez ne rien savoir ;
Vous avez la science infuse ,
Car vous plaisez sans le vouloir.

Ces riens brillans dont se compose
Toute la gloire d'un docteur,
Pour l'esprit sont bien peu de chose,
Et sont moins encor pour le cœur :

Pour éclairer un peu les autres ,
En vain on pense et l'on écrit ;
Avec des yeux comme les vôtres
On a toujours assez d'esprit.

Si pourtant mon faible mérite ,
Près de vous m'a mis en faveur ,
Par amitié je vous invite
A me choisir pour précepteur :
Le tendre zèle qui m'inspire
Au travail , saura m'animer ;
Heureux si , voulant vous instruire ,
Je puis vous apprendre à m'aimer.

~~~~~~~~~~~~~~~~~~~~~~~~~~~~~~~~~~~~~

PROFESSION DE FOI.

Air du ballet des Pierrots.

Au plaisir de manger et boire
Me laissant toujours entraîner,
Je ne puis perdre la mémoire
Lorsque l'on m'invite à dîner :
C'est un convive détestable ,
Celui qui ne buvant pas sec ,
Sans appétit se met à table ;
Moi , je m'y mets toujours avec.

Le trop n'est pas ce que j'approuve ;
Mais pourtant je suis enchanté,
Lorsque la qualité se trouve
Unie avec la quantité :
De vingt plats j'aime l'assemblage :
Poulets , gibier , poissons , biftekc ,
Je touche à tout ; mais je suis sage ,
Et je mange du pain avec.

J'aime assez une table ronde
Où je puis allonger les bras ;
Où je puis bien voir tout le monde ,
Surtout atteindre à tous les plats :
J'ai du plaisir à voir les dames ,
N'y pas perdre un seul coup de bec :
On fait plus d'un dîner sans femmes ,
Moi , j'aime mieux le faire avec.

Lorsque la table est dégarnie ,
Quand j'ai bien su me restaurer ,
Je dis : Adieu la compagnie ;
Puis je marche pour digérer :
Et comme en tous points je veux suivre
La méthode d'un fameux grec ,
En me couchant je prends un livre ,
Je l'ouvre et je m'endors avec.

Vous dont j'estime le suffrage ,
Vous qui savez boire et manger ,
Entre la poire et le fromage
Prenez le temps de me juger :

Si votre critique sévère,

Eu m'accablant d'un triste échec,

Pour mes couplets ne peut rien faire ,

Du moins , ne faites rien avec.

———————

ÉPIGRAMME.

Après dix ans de l'hymen le plus tendre,
L'époux d'Élise est mort subitement :
De désespoir elle a couru se pendre
Une heure après... au cou de son amant.

ADIEUX A VICTOIRE DE S***.

Air : Jeune fille et jeune garçon.

Français, amoureux et guerrier,
Fidèle à Vénus, à Bellonne.
Je veux composer ma couronne
Avec le myrthe et le laurier.
   Dans les champs de la gloire,
   A Paphos, tour à tour
   Soldat et Troubadour,
   Ma devise est : Amour
     Et Victoire.

~~~~~~

JE M'EN MOQUE COMME DE COLIN TAMPON.

Air : Dans la paix et l'innocence.

A quoi bon grossir la liste
De nos frondeurs ennuyeux ?
Tout prévoir , c'est un peu triste ;
Rire de tout vaut bien mieux :
Que l'univers se disloque
Comme un vase du Japon ;
En attendant , je m'en moque ,
Comme de Colin Tampon.

Nargue du triste Héraclite ,
Qui toujours se lamentait !
Que j'aime ce Démocrite ,
Qui gaîment lui répétait :
Sur ce monde qui te choque ,
Hélas ! mon pauvre garçon ,
Tu pleures ! moi , je m'en moque ,
Comme de Colin Tampon.

Damis, en vain, près d'Estelle,
Soupire comme un Colin ;
Il faut, pour plaire à la belle,
Être bien riche ou bien fin :
Au plus aimable colloque
Froidement elle répond :
Des Colins, moi, je m'en moque,
Comme de Colin Tampon.

Cherchant partout un suffrage,
Un auteur bien suffisant,
Pour lire un nouvel ouvrage,
Trouve un cercle complaisant :
Mais le public, qui révoque
Les jugemens du salon,
Dit en sifflant : je m'en moque,
Comme de Colin Tampon.

« Ici bas, rien né m'étonne,
Disait monsieur de Pibrac ;
« Il faut voir sur la Garonne,
« Mon beau domaine de Crac !

« Paris n'est qu'uné bicoque
« Lé moindré château gascon,
« Dé votré Louvré sé moque,
« Commé dé Colin Tampon. »

Qu'on célèbre le Champagne,
Le Pomard, le Chambertin ;
Qu'on vante le vin d'Espagne,
Le vin de Beaune ou du Rhin !
Pour moi, lorsqu'on me provoque,
Le meilleur est assez bon ;
Quant à son nom, je m'en moque,
Comme de Colin Tampon.

Lorsque la vilaine Parque
M'aura dit : Fais ton paquet ;
Je veux, jusques dans la barque,
Lui rabattre le caquet ;
Je chanterai : ma défroque
N'est pas celle d'un capon,
Et des Parques, je me moque,
Comme de Colin Tampon.

~~~~~~

LA LEÇON DE GRAMMAIRE.

L'ÉMULE de Tricot (*) était à l'agonie ;
    Ses écoliers le pleuraient tendrement ,
    Car il était expert dans sa partie.

      Il avait , à plus d'un génie ,
      Fait apprendre le rudiment.

      Mais las ! telle est la fantaisie
      De l'injuste et cruel destin ,
    Que sans égards il vous tranche la vie

      D'un membre de l'Académie ,
      Comme d'un frère ignorantin.

      Autour de son lit de misère ,
Notre docteur voyant chacun se désoler,
      Fait quelques efforts pour parler.

On approche , on écoute ; à son heure dernière ,
      On s'attend qu'il va révéler
      Quelque secret élémentaire.

Amis , dit-il , en poussant un soupir :
      Je vais , ou bien , *je vas* mourir ,
      Tous les deux sont dans la grammaire.

_____

(*) Auteur d'un Rudiment.

~~~~~~~~~~~~~~~~~~~~~~~~~~~~

IL N'Y A PLUS D'ENFANS.

Air : J'arrive à pied de province.;
Ou : Voulez-vous savoir l'histoire.

A côté d'nous, nos ancêtres,
　　Ne s'raient qu' des morveux.
Si j'n'ons pas été leux maîtres,
　　J'som' plus malins qu'eux.
Jusque dans les bras d'leux bonnes,
　　J' voyons des fanfants
Pus instruits qu' des grand' personnes :
　　I gn'y a pus d'enfans.

Quand i revenaient d'nourice,
　　L' s'enfans d'autrefois,
Montraient, sans entend' malice,
　　Leux papas aux doigts.
Maint'nant, mêm' devant leux mères,
　　Ces p'tits garnemens,
Semb' t'à pein' connaît' leux pères :
　　I gn'y a pus d'enfans.

Je l'disons sans épigramme,
  Les fils d'boun' maison,
Attendaient pour prend' un' femme
  Leur âg' de raison.
J' connais un garçon, vieux drille,
  De pus d' soixante ans,
Qui va z'êt' per' de famille !
  I gn'y a pus d'enfans.

On n' voit pus de per' Cassandres
  Protéger l' z'amours :
Et les mamans qu'ont des gendres,
  N'song' plus aux atours.
Agnès, qu'on croit z'occupée,
  Avec des rubans,
Pour un homm' quit' sa poupée :
  I gn'y a pus d'enfans.

Gn'y a z'encor dans nos spectacles
  Des ouvrag' parfaits ;
Mais ceux qu'ont fait ces miracles
  Étaient des homm' faits.

En sortant d'apprentissage,
   Ben des jeun' savans
Veul' t'êt' pèr' de queuq' ouvrage:
   I gn'y a pus d'enfans.

Liz' qu'a disparu d'chez elle
   Un d' ces quat' matins ;
A son retour, comm' de plus belle,
   Prend d' z'airs enfantins.
J'épouz'rai queuqu' bon apôtre ,
   Dit-elle , en s'coiffant ,
Me v'là fill' tout com' un' autre :
   I gn'y a pus d'enfans.

Les jeun' garçons qu'on enrôle ,
   Quand i sont là-bas ,
Sav' bentôt jouer leur rôle
   Com' de vieux soldats.
Aussi v'là pourquoi nous sommes
   Partout triomphans.
Les conscrits sont tous des hommes :
   I gn'y a pus d'enfans.

Enfin , le pus p'tit légiste

   Est un Cicéron.

Not' voisin , qu'est herboriste ,

   Est Pline ou Buffon.

Les embryons du Parnasse

   Sont des éléphans ;

Et tout ça fait dire en masse :

   I gn'y a pus d'enfans.

~~~~~~

C'EST TOUJOURS LA MÊME CHANSON.

Air : Pégase est un cheval qui porte ;
Ou du ballet des Pierrots ;
Ou : J'ai vu partout dans mes voyages.

N'ALLEZ pas croire que je vise
Au nom d'écrivain sans pareil ;
J'ai pris sagement pour devise :
Rien de nouveau sous le soleil.
Je n'embouche point la trompette ;
Ma lyre n'a qu'un faible son.
Trop heureux si l'écho répète :
C'est toujours la même chanson.

Qu'on soit uni par la tendresse,
Ou rapproché par l'intérêt ;
Même état ou même maîtresse
N'ont pas long-temps le même attrait :
On jure aux autels d'hyménée
D'aimer toujours à l'unisson,
Et l'on dit, au bout de l'année :
C'est toujours la même chanson.

Le style de nos comédies
Est, soit-disant, original ;
On trouve dans nos tragédies
Un dénoûment toujours banal :
Jamais la plus saine critique,
Aux auteurs ne sert de leçon,
Et jusqu'aux modes à l'antique,
C'est toujours la même chanson.

Un barbon à sa jeune épouse,
Disait un jour fort à propos :
Ton humeur ardente et jalouse
Ne sert qu'à troubler ton repos.
Je brûle d'un amour extrême ;
Tu me trouves comme un glaçon :
Mais je dirais cent fois je t'aime,
C'est toujours la même chanson.

Gertrude, coquette inflexible,
Dit tour à tour à ses amans :
Mon cœur trop neuf et trop sensible,
Craint de tendres engagemens ;

Calmez-vous, tant d'amour m'excède ;
Je n'ose mordre à l'hameçon.
Et depuis vingt ans qu'elle cède,
C'est toujours la même chanson.

Le beau Léandre est près des dames,
Un homme des plus amusans ;
Il sait toutes les épigrammes,
Il fait mille contes plaisans ;
Il juge, il persiffle, il invente,
Il fredonne comme un pinson :
Hé bien ! soit qu'il parle ou qu'il chante,
C'est toujours la même chanson.

Enfin la vie est insipide
Quand on aime le changement ;
Le temps, dans sa course rapide,
Marche toujours également.
Chacun végète sur la terre,
A peu près de même façon :
Nous naissons et l'on nous enterre ;
C'est toujours la même chanson.

A L'OCCASION D'UN TERNE

GAGNÉ A LA LOTERIE.

Le sort qui trompe tous les vœux
A cependant comblé les vôtres ;
Mais, hélas ! vous n'êtes heureux
Qu'aux dépens du bonheur des autres.

D'avoir usé de quelque tour,
Je crains bien qu'on ne vous soupçonne.
Vous avez fait fortune dans un jour,
Et vous n'avez volé personne !

Ah ! croyez-moi, n'allez pas de nouveau
Tenter une déesse insensible et coquette ;
Et pour nourrir un numéro
Vous laisser mourir de disette.

On n'a pas deux fois la faveur
De la perfide enchanteresse,
En l'obtenant, vous eûtes du bonheur,
Mais pour la conserver il faut de la sagesse.

Gardez-vous d'imiter ces joueurs trop hardis,
 Que mille travers accompagnent,
 Qui, de leur fortune étourdis,
 Dépensent l'or comme ils le gagnent.

 Réglez vos goûts et vos désirs ;
 Tâchez d'avoir toujours d'avance
 Un peu d'argent pour vos plaisirs,
 Et beaucoup pour la bienfaisance.

———

A UN JOLI MASQUE,

LE LENDEMAIN DU BAL DE L'OPÉRA.

HIER , avec tant de finesse ,
Lorsque vous m'avez lutiné ,
Beau masque , malgré votre adresse ,
Je crois vous avoir deviné.
Vous vouliez me donner le change ,
Mais mon cœur, en secret, m'a dit
Que vous aviez les traits d'un ange
Comme vous en avez l'esprit.

~~~~~~~~~~~~~~~~~~~~~~~~~~~~

COUPLETS

CHANTÉS A UN DINER, APRÈS LE TRAITÉ
D'AMIENS (*).

Air du Pas de Charge.

ENFIN, après tant combats,
De périls et de gloire,
La paix termine nos débats
Et nous permet de boire.
Enfans de Mars, soyons amis.
Bacchus nous le conseille :
N'ayons plus d'autres ennemis
Que ceux de la bouteille.

Guerriers des bords de la Néva
Et de la Germanie,
Si l'intérêt nous divisa,
Que Bacchus nous rallie ;

(*) L'auteur s'adresse à toutes les puissances avec les-
quelles on venait de conclure la paix.

Abandonnons, sans nul regret,
   Les champs de la Victoire;
On peut mourir au cabaret
   Et vivre dans l'histoire.

Illustres soutiens du croissant,
   Prenez part à la fête ;
Venez déroger, en passant,
   A la loi du prophète.
Au ciel un buveur musulman,
   Trouve un accès facile,
Et tout ce que dit l'Alcoran
   N'est pas mot d'évangile.

Et nous, Français au fond du cœur,
   Buvons, vidons nos caves
Pour ce Héros toujours vainqueur
   Qui dirige nos braves.
Puisse la paix faire toujours
   Répéter ses louanges!
Puisse un dieu veiller sur ses jours
   Et doubler nos vendanges !

~~~~~~~~~~~~~~~~~~~~~~~~~~~~~

LE ROMAN ET L'HISTOIRE.

Air de la cinquième Édition.

Des Dieux on danse les amours ;
On met la Bible en mélodrames,
Et l'on nous donne tous les jours
La tragédie en épigrammes.
Suivant de fameux documens,
Je veux en venir à ma gloire.
Puisqu'on met l'histoire en romans,
En chanson, je mettrai l'histoire.

Voyez cet épais fournisseur,
Dont la morgue nous importune ;
Il veut nous prouver son honneur
En nous étalant sa fortune.
Il a soustrait adroitement
Certain arrêt diffamatoire.
Sa probité n'est qu'un roman ;
C'est le plus beau de son histoire.

Trompé par un cercle flatteur,
Éraste se croit un génie,
Le public qui n'est pas menteur,
Lui cause plus d'une insomnie.
Pour être applaudi chaudement,
Il solde bien son auditoire.
On le siffle ; et son beau roman,
N'est plus qu'une vilaine histoire.

A Gertrude on dit tous les jours,
Quand elle vante sa constance :
« Sur l'histoire de vos amours,
« Sachez donc garder le silence.
« Vous en contez, belle maman,
« Car nous avons de la mémoire.
« Finissez-là votre roman,
« Le public connaît votre histoire. »

Les soutiens de l'honneur français,
Tous les jours, bravant mille obstacles,
Volent de succès en succès
Et tous les jours font des miracles.

En écrivant tout simplement
Les titres qu'ils ont à la gloire,
Leur histoire a l'air d'un roman !
Voilà ce que dira l'histoire.

Après le plaisir chacun court,
On fuit la peine qui tourmente.
Si l'un est un roman trop court,
L'autre est une histoire assomante.
Profitons de chaque moment,
Ce conseil n'est point illusoire.
Tâchons d'alonger le roman
Et d'abréger un peu l'histoire.

L'histoire nous apprend enfin
Ce que nous verrons à la ronde.
Nous devons tous faire une fin ;
C'est l'histoire de tout le monde.
En attendant ce dénoûment,
Sachons rire , chanter et boire :
Quand nous finirons le roman,
Ce sera bien une autre histoire.

~~~~~~~~~~~~~~~~~~~~~~~~~~~~~~~~~~~~~~

TABLE.

ERRATA.

Page 21, au lieu de : le Roi *et* la Fève,
lisez : le Roi *de* la Fève.

Page 93, vers 14, au lieu de *renvoie*, lisez *envoie*.